오늘의 단어

생활견 키키와 반려인 진아의
오늘의 단어

임진아 지음

좋아하는 순간은 선명하게

나를 위한 시간은 느긋하게

창비
Media Changbi

생활견 키키와 반려인 진아를 소개합니다

키키와 진아는 도시 속 작은 집에 삽니다. 비슷하면서도 전혀 다른 둘은 동거인이자 가족이며 서로를 가장 가까이에서 들여다보는 친구 사이입니다. 혼자 있는 걸 좋아하는 둘이지만, '우리'이기에 만날 수 있는 행복을 알아가고 있습니다.

키키는 말수가 적지만 계절과 날씨에 대해서만큼은 얼마든지 떠들 수 있습니다. 표정이 다양하지 않아도 속마음은 결코 숨기지 않습니다. 매일 진아보다 앞장서서 거리를 살핍니다. 책을 읽으며 오늘에 대해 살피고, 누구에게도 방해받지 않고 커피 한잔을 마십니다. 키키는 창밖을 조용히 바라봅니다. 방금 떠오른 생각들을 모아 진아에게 전해주려고요. 좋아하는 건 화분과 대화하기, 구름에 손짓하기, 책 속에서 오늘의 문장 찾기입니다. 무엇보다 진아를 관찰하는 시간을 좋아합니다. 진아보다 더 빠르게 삶을 통과하지만, 키키는 진아와 함께하는 시간이 영원을 닮았다고 생각합니다. 매일 진아에게 딱 오늘만큼의 계절을 알려주고 싶습니다.

　진아는 집에서 그림을 그리며 지냅니다. 키키 앞에서 말이
가장 많아집니다. 궁금한 게 생기면 언제나 키키에게 질문합
니다. 그렇게 둘의 대화가 시작됩니다. 키키와 살면서 사계절
을 즐길 줄 알게 되었고, 웬만해선 날씨 탓을 하지 않게 되었
습니다. 좋아하는 건 제철 과일과 물냉면, 아이스커피, 키키
와 마시는 밤 맥주입니다. 키키만큼 혼자 있는 시간을 좋아
하지만, 둘이라서 발견할 수 있는 자신의 모습도 놓치지 않습
니다. 말없이 생각에 잠겼다 스르르 잠이 드는 키키 덕분에
오늘이 좋아집니다. 진아에게 키키는 계절 선생님이기도 합
니다.

　키키와 진아는 함께인 시간이 소중하기에 하루를 성실히
관찰합니다. 어제는 어떤 단어가 머물렀을까, 오늘 우리에게

다가온 단어는 무엇일까 신경 씁니다. 같은 하루가 주어져도 같은 하루를 살지 않습니다. 각자의 계절에는 서로를 닮은 분위기가 담겨 있을 뿐이지요.

　키키와 진아, 둘의 단어들을 통해 사계절을 만나주세요. 그리고 오늘의 계절을 바라봐주세요. 내일은 어떤 모양일지 상상하면서요.

차례

생활견 키키와 반려인 진아를 소개합니다 005

여름의 단어

가을의 단어

겨울의 단어

봄의 단어

봄
256

아직
262

스트레칭
268

동네
274

끼니
282

휴식
288

날씨
294

혼자
302

책방
310

목욕
318

정리
326

잠
334

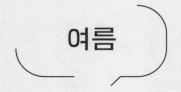

여름

여름날의 표정이 좋아

표정

여름의 표정은 정말 다양해.

덥고,

습하고,

때론 춥고,

또 축축하지.

그럼에도 불구하고 더없이 좋은 날이 분명 존재해.

아주 파랗고 아주 초록인 여름날의 표정이 좋아

안부 인사

"얼음 얼렸니?"는 여름만의 안부 인사

여름다움

내가 알던 여름다움이 조금씩 흐려지는 기분이 들어.

맞아. 보고 싶은 여름을 많이 못 봤네. 우는 여름 얼굴만 본 것 같아.

내가 기대하던 여름은 아주 잠깐 만났어.

그래도 동네 산의 색은 여전히 초록이었지.

우리가 매해 여름한테 기대하는 것이 있듯이,

여름도 확실히 뽐내고 싶은 모습들이 있었을 텐데.

다음 여름은 꼭 여름답기를

여름은 봄과 가을 사이에서 줄곧 뜨겁고 가끔 시원한 계절입니다. 땀이 많고 열이 잘 오르는 사람에게 여름은 긴장의 계절입니다. 어렸을 땐 여름과 정반대인 겨울을 좋아했습니다. 겨울을 생각하면 곧장 눈앞에 노란 조명이 켜지면서 평소에 잘 마시지도 않는 코코아가 떠올랐어요. 이제 겨울만의 분위기를 좋아하던 시절은 지나갔고 모든 계절을 저마다의 이유로 사랑하게 되었습니다.

　계절은 네 번으로 나뉘는 게 아니라, 네 개의 말투로 매일 다른 인사말을 건네는 게 아닐까요. 겨울에는 여름의 말투가 그리워집니다. 여름에는 괜히 목소리도 컸던 것 같고, 더 씩씩하게 움직였던 것 같아요. 여름이 차려주는 기운이라는 게 존재하니까요. 여름을 점점 좋아하게 된 건, 다른 계절에 놓여 있을 때마다 여름의 좋은 점이 떠올랐기 때문인지도요. 실제로 여름에 기대했던 날씨는 단 며칠에 불과하죠. 하지만 그 며칠이 좋아서 마음속에 선명하게 담아두고 다음 계절까지 오랫동안 기억합니다.

저와 키키는 햇볕에 약한 체질입니다. 저는 땀이 잘 나고 얼굴이 금방 뜨거워지는 편입니다. 키키는 햇빛 알레르기가 있어서 햇볕에 오래 노출되면 피부가 온통 빨갛게 부어오릅니다. 그래서 여름 산책은 이른 아침과 해가 진 저녁에 합니다. 한여름에도 옷을 입고 산책하는 개를 발견한다면 '혹시 피부가 안 좋은 걸까?' 생각하고 지나쳐주세요. 한여름의 키키는 낮에도 꼭 얇은 티셔츠를 입고 나가야 한답니다. 얼굴에 그늘이 지는 모자를 쓰고 나가는 저처럼요.

겨울만의 따뜻함이 있듯이, 여름만의 시원함이 있습니다. 저는 계절과 어울리지 않는 반대의 온도를 함께 누릴 때 지구에 사는 행복을 느낍니다. 추운 날 마시는 따뜻한 차, 한밤중에 노란 조명 앞에서 읽는 책, 여름 산자락에서 만나는 시원한 바람, 더운 날 만지는 얼음 한 조각. 다가오는 계절에는 키키와 어떤 반대의 행복을 만날지 궁금하네요.

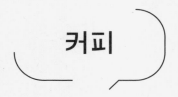

커피

'지금은 커피의 시간이다'라는
한마디가 필요할 뿐

아이스커피

자기 전에 얼려둔
얼음을 꺼내며 시작하는 아침.

그리고 비어버린 얼음 틀에
바로바로 물을 채웁니다.

좋은 아침!
커피 냄새 좋다.

커피 마실 거지?
따뜻하게?
아니면 차갑게?

음...
아이스로
부탁해!

그래.

여름에는 늘 아이스커피를 마시면서 잠깐 고민하는 게 참 웃겨

풍경

여름에 잠깐씩 볼 수 있는 아주 작고 시원한 풍경이지

밤의 커피

밤이 되면
커피 생각이 나요.

책을 보며 마시는
따뜻한 커피요.

그래서 집에는 늘
디카페인 커피가 있답니다.

자, 밤의
커피 왔어.
기분만을 위한
디카페인 커피.

맛은
그다지
중요하지
않지.

'지금은 커피의 시간이다'라는
한마디가 필요할 뿐.

근데
이건
맛도 꽤
괜찮다!

그럼 아침에도
이 커피 마실래?

아

니!

**여름의 커피는 두 가지야
아침에는 시원하고 진하며, 밤에는 따뜻하고 연하지**

"내일이 되면 또 커피를 마실 수 있다니. 매일 이 생각을 하며 잠자리에 듭니다."

포스터를 만들면서 적었던 문장입니다. 포스터의 인기가 좋았던 걸로 보아 다른 사람들에게도 커피는 내일을 기대하게 만드는 음료인가 봅니다.

첫 회사에서 커피를 알게 되었습니다. 커피는 저에게 쓴 물 같기만 해서 누가 권하기라도 하면 난처한 표정을 짓곤 했어요. 그러던 어느 날 상사가 권해준 카페라테는 적당히 달고 쓰고 고소한 게 입에 맞았습니다. 그 이후 회사 생활의 즐거움이라고는 점심을 먹고 나서 아이스 카페라테를 사러 가는 시간뿐이었습니다. 시럽을 두 번 꾹꾹 눌러 담은 아이스 카페라테를 마시며 근처 대학교를 산책했습니다. 또래들은 대학교에서 공부하는데 왜 나는 여기에서 라테를 마시고 있는지, 왜 마음은 이토록 내려앉는지, 밖인데도 왜 갇혀 있는 기분이 드는지 어두운 표정으로 마셨던 라테가 저의 첫 커피였습니다. 그로부터 10년이 훌쩍 지난 지금은 우유가 든 커피도, 시럽을 넣은 커피도 거의 마시지 않습니다.

매일 나도 모르는 사이에 내 하루의 주인공이 되어 아침을 시작합니다. 그 시작에 어울리는 장면으로 나를 위한 커피를 내립니다.

여름에 마시는 아침 커피는 역시 아이스. 때론 따뜻한 커피도 마시지만, 그럴 때에도 차가운 커피가 함께해야 오늘이 아쉽지 않습니다. 그렇게 나를 위한 두 가지 온도의 커피를 준비합니다. 대체 커피가 뭐라고 이렇게까지 매달리게 된 걸까요.

'지금은 커피의 시간이다'라고 정하는 순간 커피는 당장 큰 에너지가 되어줍니다. 커피와 함께 멍하니 앉아 있는 아침 시간에 무언가 새로이 떠오르기도 하고, 책상 위에 올려놓고 조금씩 마시는 커피는 모래시계처럼 느껴져 일의 능률이 반짝 올라가기도 합니다.

30대를 살고 있는 지금의 저에게 커피란 무언가를 분명하게 작용케 하는 음료입니다. 커피의 자리는 분명하게 아침을 먹는다거나, 분명하게 일을 하고 있다거나, 분명하게 쉬고 있는 표면이 되어줍니다. 맛도 잘 모르던 커피가 나를 달래주는 달콤한 음료가 되더니 지금은 저를 움직이게 합니다.

몇 년 후, 몇십 년 후에도 제 삶에 커피가 여전히 존재한다면 그때는 어떤 의미일까요. 어쩌면 커피를 조금씩 줄여야 할지도 모르고, 그렇기에 한 잔의 커피를 한 모금 한 모금 소중히 마시는 사람이 될지도 모르죠. 그때에도 아이스커피를 내리는 풍경 앞에서 웃고 있었으면 좋겠습니다. 그런 하루에 힘을 얻던 오늘의 나를 기억하면서요.

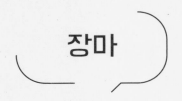

장마

이 날씨를 즐길 수 있으면 좋을 텐데

매일 비

여러 날 계속해서 비가 내리는 걸 장마라고 부르지.

오늘까지 벌써 며칠째야…

휴우

대체 여러 날은 며칠까지인 거야?

물에 흠뻑 젖은 스펀지가 된 기분이야

오늘도

우리도 모르게 꽤 괴로웠던 건 아닐까

마지막 날

장마의 끝에는 맑은 일상이 이어지기를

여름 밖에서 '여름' 하면 쨍쨍한 햇볕과 반짝이는 모래알을 떠올리지만, 여름 안에서 '여름' 하면 "덥다, 진짜" 혹은 "또 비야?"가 됩니다. "또 비야?"라는 말풍선이 매일 이어지는 걸 우리는 장마라고 부릅니다. 대체 언제까지 이런 날씨가 계속되는지 알 수 없죠. 그래서인지 사전도 '여름철에 여러 날을 계속해서 비가 내리는 현상'으로 애매하게 정의하고 있습니다. 아니, 여러 날이라고 하면 하루 이틀이 아니니 오히려 확실한 표현인 것도 같습니다.

장마가 시작되면 제일 먼저 키키의 산책이 어려워집니다. 실외 배변만 하는 키키는 신나는 산책도 못 하고 대소변도 어렵게 해결해야 하니 힘들고, 저는 그런 키키를 바라보는 것만으로 마음이 힘듭니다.

장마로 인한 피해 소식을 들으면 이 축축한 여름이 너무나 싫어집니다. 기나긴 장마가 기후 변화의 탓만은 아니라는 기사가 났지만, 지구의 환경은 안 좋은 쪽으로 속도를 내고 있는 게 사실입니다. 편하게 지낸 만큼 나에게 돌아오는 게 분명히 있습니다. 장마로 인한 큰 피해가 줄어들기를 바라며 지구를 위한 사소한 행동을 매일 더해보면 좋겠습니다. 사소한 행동은 우리를 잠시 불편하게 만들 수도 있습니다. 그럼에도 잠깐씩 편하지 않은 상태를 택하는 건 어떨까요. 나의 자리에서 할 수 있는 행동이 있을 거예요. 모두의 하루에서 조금씩만 신경 쓴다면 변화는 꽤 클지도 모릅니다.

물

물에게 신세를 지며
이 계절을 무사히 보내고 있어

얼음

물보다 맛있는 게 있다면 아마 얼음이 아닐까

물 쓰듯이

치카치카 시간

'물 쓰듯이 하다'라는 말 있잖아. 요즘은 의미가 좀 달라지지 않았어?

흥청망청 쓴다는 뜻 아니야?

응. 그런데 물은 늘 아껴 쓰고 있지 않아? 나는 물을 펑펑 써본 적이 없는걸?

우리가 많이 아껴 쓰긴 하지. 근데 물은 아무리 아껴 쓰려고 해도 버려지는 게 많잖아. 물은 힘차게 흘러가 버리니까.

앗, 그럼 시간을 물처럼 쓴다는 건 결국…

나도 모르게 흘러간 시간이 많다는 이야기인지도 모르겠네.

…!

물도 시간도 아껴 쓰고 싶어…

나 먼저 헹굴게.

내가 제일 물 쓰듯이 쓰고 싶은 건 뭘까

대단해

오늘 점심은
물냉면 어때?

오늘 점심'도'
물냉면이 아니라?

물로 만든 음식 중에는 역시
물냉면이 제일이잖아.
물이 주인공인 음식이라니.
물김치도 마찬가지고.

그거 알아? 물김치는 시원한 음식이지만
찬물로만 만들지 않는대.
뜨거운 물을 찬물에 섞어서 부어야
채소들이 오랫동안 아삭하대!

아삭하기
위해서는
뜨거움이
필요한 거네.

물은 온도를
가지고 노는구나.
역시
대단해!

그렇다면
오늘은 물냉면이네.
물냉면 위에 물김치
올려서 먹자.
내가 만들게!

좋아!

물에게 신세를 지며 이 계절을 무사히 보내고 있어

물을 마시는 동안 잠시 멍한 상태가 되는 걸 좋아합니다. 스스로는 잘 느끼지 못하지만, 할짝할짝 물을 마시는 키키의 눈이 얼마나 멍한지 모릅니다. 초점은 없는데 어딘가 바라보는 눈을 하고 있습니다. '물 먹는데 무슨 생각을 해'라는 키키의 마음이 보이는 순간입니다.

얼음을 담은 유리컵에 물을 따르고 벌컥벌컥 마시는 저와 달리 키키는 한참 물을 마십니다. 혀를 국자처럼 뒤로 말아서 물을 떠 마시는데요. 그래서 그런지 물 한 그릇을 다 마시기까지 시간이 오래 걸립니다.

키키와의 웃긴 일화가 떠오르네요. 매일 밤 침대 옆 협탁에 얼음물 한 잔을 올려둡니다. 자기 전에 책을 읽으며 몇 모금 마시고, 자고 일어나서 남은 물을 마시곤 합니다. 그러던 어느 날 아침, 잠에서 깨어나 물을 마시려고 보니 거의 남아 있지 않았어요. 고개를 갸우뚱하며 '어제 다 마셨던가?' 하고 말았죠. 비슷한 일은 종종 있었고, 그때마다 '어젯밤에 내가 많이 마셨구나' 하며 남은 물을 마저 마셨습니다.

얼마 지나지 않아 이유를 알게 되었어요. 파도가 귀엽게 치는 꿈을 꾸고 있는데 점점 선명해지는 파도 소리를 자세히 들어보니 할짝대는 소리와 흡사했지요. '아니, 잠깐만' 하고 눈을 번쩍 뜨니, 키키가 제 몸에 뒷다리를 올리고 협탁 위엔 앞다리를 올린 채 남은 물을 맛있게 마시고 있더라고요. 물을 다 마신 키키가 고개를 돌려 저를 쳐다봤습니다. 턱에서는 물이 뚝뚝. 컵 안에는 물이 소량 남아 있었어요. 키키의 할짝할짝 물 마시는 소리가 꿈속 파도 소리로 찾아오지 않았다면, 일어나자마자 남은 물을 또 입으로 쏟아버렸겠죠. 놀란 만큼 그 상황이 너무나 웃겨서 파하하 웃음을 터뜨린 아침이었습니다.

한번은 막 구운 식빵에 잼을 바르면서 이런 말을 한 적이 있습니다.

"죽기 직전에 딱 한 소리만 들을 수 있다면, 난 이 소리를 고르겠어. 지금 이 소리."

구운 식빵만이 낼 수 있는 거칠지만 찐득한 소리는 저에게 행복 그 자체니까요. 흐리게 웃으면서 듣고 있던 동거인에게 같은 질문을 던졌습니다.

"죽기 직전에 딱 한 소리만 들을 수 있다면 너는 뭐?"

그는 고민하지 않고 곧장 대답했습니다.

"키키가 물 마시는 소리."

대답을 듣자마자 숨이 턱 막히면서 공기가 다른 장르로 바뀌었습니다.

"나도. 나도 그 소리로 바꿀래."

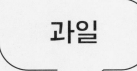

과일

과일을 먹으면
오늘이 기분 좋게 가꿔져

계절의 덩어리

어느 계절의
한가운데에 놓여 있다는 사실은

과일을 마주할 때 느껴.

'드디어 여름이 왔구나' 하고.

와! 시큼해!

근데 달아!

좋아하는 과일을
질릴 때까지 먹고 싶지만

자두

한 바구니

계절은
질릴 시간을 주지 않지.

앗, 어느새 안녕인가.

그러니까 부지런히 먹어야 해!

챙겨야 할 게 참 많은 계절

과일의 동사

과일을 먹으면 왜 이렇게 기분이 좋아질까

여름의 과일

과일이 가득한 부엌만 봐도 여름 그 자체야

매일 과일을 먹습니다. 여기서 매일이란 '그만큼 자주'를 뜻
합니다. 어쩔 수 없이 과일을 챙기지 못하는 날에도 과일을
떠올립니다. 지금쯤 어떤 식감, 어떤 맛, 어떤 기운의 과일을
먹으면 딱 좋겠을지를요. 여행을 떠나서도 과일을 부러 챙겨
먹습니다. 간단한 차림으로 장을 보러 가고, 오늘을 위한 과
일을 고르고, 알맞게 세척하고, 오로지 과일만 먹고 있을 때
면 아무리 낯선 마을일지라도 생활이라는 단어가 떠오릅니
다. 그제야 그곳에서의 생활이 생깁니다.

　과일은 이렇게나 가까이 존재하지만, 그만큼 쉽게 멀어지
기도 합니다. 돈을 아껴야 하거나, 일이 너무 많아서 하루가
빡빡하거나, 아무것도 하고 싶지 않은 무기력한 날이 그렇습
니다. 그럴 땐 내가 먼저 다가가야 합니다. 과일은 나를 마냥
기다려주지 않고 자신만의 속도로 잠시 집에 머물다 서둘러
가버리니까요. 그러므로 가장 설렐 때, 가장 맛있을 때 과일
을 챙겨 먹어야 하는 건 온전히 나의 몫입니다.

지난여름, 엄마가 과일을 보내줬습니다. 전화 통화로 "딱복(딱딱한 복숭아) 보니까 네가 생각나" 하던 엄마의 말에 온몸은 딱복을 맞이할 태세가 되었어요. 엄마는 제가 딱딱한 복숭아와 부드러운 복숭아의 매력을 완전히 이해하고 언제든 먹고 싶어하는 사람이라는 걸 누구보다 잘 알고 있습니다. 좋아하는 과일을 맛있게 먹는 제 표정을 가장 가까이에서 보던 사람이 엄마니까요.

며칠 뒤 딱복과 함께, 엄마 기준으로 말하자면 '딸이 좋아하는 여름 과일들'이 상자 가득 도착했습니다. 엄마에게 먹을거리를 받는 일이야 셀 수 없이 많은데, 어째 기분이 이상해서 과일만 계속 만지작거렸습니다. 생각해보니 엄마에게 택배를 받은 게 처음이었어요. 떨어져 산 이후로는 늘 엄마가 찾아와서 직접 건네주었으니까요. 택배로 받은 엄마의 사랑을 아무 말 없이 오래 지켜볼 수 있어서 좋았습니다. 평소 같았으면 쑥스럽고 낯간지러워 자꾸만 냉장고를 열고 베란다에 왔다 갔다 하며 받은 걸 바로바로 정리했을 텐데, 그날은 엄마가 건넨 걸 가만히 쳐다보는 시간을 만끽했어요. 서울에서 태어나 자란 엄마와 나. 우리들은 이런 하루를 이제야 만나게 되었습니다.

그날 다이어리에 여름 과일 모양의 그림과 함께 적어두었습니다.

엄마에게 첫 택배를 받은 날.

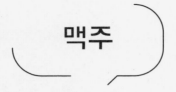

맥주

내일은 달콤한 안주가
기다리고 있기를

저녁 식사의 주인공

땀 뻘뻘 흘리며 차린 저녁은 아주 좋은 안주야

수고했어

유리컵에 캔 맥주를 따르는 순간부터 이미 맛있어!

밤의 맥주

여름밤에 반가운 바람을 느끼며
더웠던 하루를 잠시나마 잊는 맥주의 시간.

지난 일들을 떠올리며
마시다 보면

왠지 씁쓸한 기분이
안주처럼 함께 하지.

내일은 달콤한 안주가 기다리고 있기를, 모두의 밤에

여름의 명상이라면 바로 밤에 맥주를 마시는 시간입니다. 여름밤에 저를 부지런하게 만드는 건 역시 맥주가 유일합니다.

이 맛을 모르던 시절도 있었죠. 바쁜 하루를 마치고 목욕하고 나와 수건을 어깨에 걸친 채 바닥에 주저앉아 병맥주를 시원하게 들이켠 다음 행복해하는 드라마 주인공을 보며 '멋져 보이기는 하지만 저 정도라고?' 하며 공감하진 못했습니다. 맥주의 시원한 맛은 혼자 살고 나서야 제대로 알게 되었어요. 그건 "캬! 시원하다!" 하고 마음껏 소리 낼 수 있는, 나의 집에서만 가능한 행복이었습니다.

밤 맥주의 단짝은 무엇보다도 시원함을 제대로 만끽할 수 있는 공간이 아닐까요. 처음 혼자 살던 집에는 옥상이 있었습니다. 현관을 열고 문 앞에 쪼그리고 앉아 밤바람에 맥주를 마시던 한여름 밤은 절대 잊지 못할 거예요. 그 옆에는 키키가 앉아 불어오는 밤바람을 느끼며 꼭 자기도 맥주를 마시는 듯 시원한 표정을 지었습니다.

예전에 본 영화에 이런 대사가 나옵니다.

"난 맥주 같은 건 잘 안 마셔."

"맥주를 안 마신다니, 그건 여름의 삼분의 이를 즐기지 못한다는 뜻이라고."

어른이 되어 좋은 점은 식탁 위에서 여름의 삼분의 이를 매일 즐길 수 있다는 것입니다. 내가 차린 술상은 여름이 보이는 최고의 풍경입니다. 다행히 저는 맥주와 잘 맞아서 여름을 즐길 수 있는 행복이 하나 늘었습니다. 맥주를 마시지 못하는 사람은 잘 모를 행복이지만, 그런 사람도 자신만의 여름을 즐기며 살고 있지 않을까요. 못 먹는 게 많은 저도 나름대로 행복을 잘 고르며 사니까요.

만화 속에서는 키키와 함께 맥주를 마십니다. 그 모습을 보고 있으면 마음 속 깊은 곳에서부터 웃음이 납니다. 집에서 맥주를 마실 때 제 곁엔 언제나 키키가 있습니다. 키키는 키키만의 행복을 누리며, 우리는 같은 밤을 보냅니다.

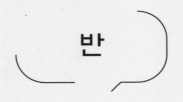

반

여름의 로망

반이 되는 것

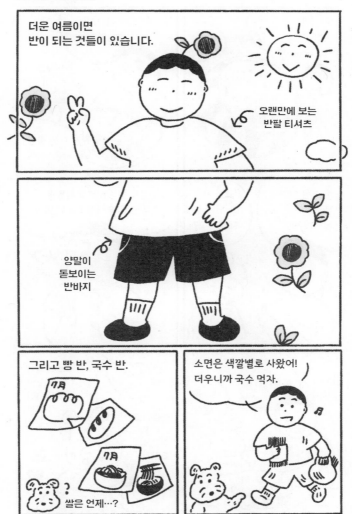

더운 여름이면
반이 되는 것들이 있습니다.

오랜만에 보는
반팔 티셔츠

양말이
돋보이는
반바지

그리고 빵 반, 국수 반.

7月

7月

?
쌀은 언제…?

소면은 색깔별로 사왔어!
더우니까 국수 먹자.

여러분은 지금 몸의 반이 밀가루로 이루어진 사람을 보고 있습니다

수박 반 통

딱 반이 흐른 한 해. 남은 한 해도 똑같이 다디달면 얼마나 좋을까
냉장고에 남아 있는 수박처럼

아직과 벌써

아, 7월인가.

'아직도 7월인가' 라는 뜻이야?

아니면 '벌써 7월인가' 라는 뜻이야?

'아직도 7월인가' 면 좋겠네.

벌써 1년이 반이나 지났네. 다시 1월로 돌아가고 싶어?

돌아갈 수 있다면 돌아가고 싶어.

왜?

그럼 키키와의 시간이 반이나 더 생기는 거니까.

나는 아무 말도 못 하고, 진아의 얼굴을 바라봤습니다.

더위가 시간을 다 녹여버리면 좋겠어.

그러면 남은 반이 길~어질 텐데!

…

남은 시간은 쓴 시간보다 더 길면 좋겠다

똑같이 나누거나 딱 중간을 나타내는 단어. 한 글자로 분명한 지점을 나타내다니 참 멋지지 않나요. 반이라는 지점은 묘합니다. 어떤 건 반이라서 다행이고, 또 어떤 건 반밖에 안 남아서 기운이 빠지니까요.

시원한 국수, 시원한 커피, 시원한 상상. 당장 여름을 시원한 것으로 채우다가도 신경 써서 반이 되도록 노력합니다. 속이 놀라지 않게 따뜻한 음료를 마시기도 하고 점점 더워져만 가는 지구를 생각해 때때로 더운 대로 지내기도 합니다.

'반'은 어쩌면 지금인지도 모릅니다. 이 만화를 연재할 당시 키키는 여덟 살이었습니다. 저의 옛 개 사랑이는 열여섯 살의 봄에 무지개다리를 건넜습니다. 그래서일까요. 우리의 지금은 저에게 딱 '반'으로 다가왔습니다. 키키와의 만남 앞에도 16년이란 시간이 주어진 것만 같아 각별하게 다가온 단어이기도 했어요. 책을 준비하는 지금은 또 한 해가 지나 반에서 조금 더 차오른 모양이 되었습니다. 반의 모양이길, 지금이 반이길 하면서 키키를 바라봅니다. 어쩌면 아직 반이 되지 않았을지도 모르니까요.

좋아하는 노래 중에 이런 가사가 있습니다.

"영원은 벌써 반이 지나간 것 같아. 나머지 반은 너무 짧지."•

지금이 영원하다 믿고 싶으면서도, 끝이 있다는 사실을 인정합니다. 끝없이 이어지면 좋겠지만, 우리가 만난 이곳에서는 그럴 수 없습니다. 그럴 수 있는 세상이 어딘가에 있을지도 모르죠. 일단 여긴 아닐 뿐입니다. 영원은 벌써 반이 지나버렸고, 영원의 뜻은 어쩌면 영원하고 싶은 '희망'인지도 모릅니다.

하지만 우리는 알고 있습니다. 이 삶은 행복과 슬픔으로 반씩 나뉘지 않는다는 것을. 헤어짐을 알면서도, 기쁨을 택하는 존재라는 것을요.

• KIRINJI, 「時間がない(시간이 없어)」.

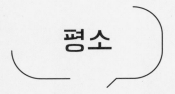

평소

보통인 날이 오히려 값지니까

평소에 뭐 해?

**확실히 이날은,
우리의 평소에 걸맞은 하루였지**

여행 중

키키야.

만약 지금이 여행 중이라고 한다면,

한다면?

우리는 오늘을 숙소에서만 노는 날이라고 생각할 수 있겠다.

그렇게 생각하니까 왠지 설레는데?

그치? 왠지 특별하게 느껴져. 기분 좋은 사치 같다.

특별한 일도 별일도 없는 보통인 날이 오히려 값지니까.

이런 날은 편의점에서 산 컵라면이 맛있게 느껴지지

비슷한 날

오늘은 평소와 다름없는 날입니다.

어제와 전혀 다른 날 같지만

어제는 앉아서 읽었어요.

어째 기분은 비슷하거든요.

이 책, 읽을수록 재밌다.

나의 바탕이 되는 기분을 매일 평평하게 유지하는 일.

평소와 다름없다는 것에 안심한다는 건,

저녁 뭐 먹지.

진아한테 물어보자.

지금이 지속되길 바라고 있다는 것 아닐까요?

팔랑

여러분은 평소에 뭐 하시나요?

평소에 뭐 하시나요?

생각해보면 이상한 질문입니다. 똑같은 날씨가 없고 똑같은 하루가 없듯이, 매일을 딱 하나로 정의하기란 쉽지 않습니다. 이런 질문에 그저 그런 답을 하는 순간 오늘은 평범해지고 맙니다. 실제로 "그냥 늘 똑같아요"라고 대답한 적이 있습니다. 혼자가 된 후에야 나에게 늘 똑같은 하루는 어떤 모양인지 고민해봤습니다. 그날은 내 하루를 쳐다보는 게 아니라, 간만에 하루를 마주 보는 날이었습니다.

종종 입술 부분에 단순 포진이 생깁니다. 일명 헤르페스 바이러스 감염증. 몸과 마음이 불안정하거나 스트레스를 받는 시기에 어김없이 찾아옵니다. 입술 부분에서 시작된 단순 포진은, 며칠 동안 매일의 선두에서 저를 비웃는 것 같습니다. 무얼 먹어도 전보다 맛있지 않고, 무얼 해도 신나지 않고, 일을 할 때면 몇 배나 더 힘든 것만 같아서 지난날을 떠올리게 됩니다. '며칠 전만 해도 이런 게 없었는데' '아무렇지 않을 때가 정말 행복했네' 하면서요. 자꾸만 돌이켜보게 되는 날이 평소인지도 모릅니다. 조금 아프고 불편할 뿐인데 고작 며칠 전의 아무렇지 않은 날이 그립습니다. 오늘이 평소인지도 모르고 무덤덤하게 지내던 지난 내 표정이 부러워집니다.

어느 날엔 키키의 컨디션이 안 좋아 보입니다. 분명 괜찮았는데 어제와 다른 기운이 느껴지면 하루의 표정에 그늘이 생깁니다. 하지만 키키에게 아프지 말라는 말은 차마 못 하겠어요. 그저 어제와 다른지, 다르다면 어떻게 다른지 매일 자세히 지켜봐주겠다고 약속합니다. 이 마음은 천천히 저의 평소가 되겠지요. 무언가 신경 쓸 일이 없는 날은 침대 위에 양발을 시원하게 뻗는 날입니다. 그런 자세로 자주 쉬면서 평범하게 오늘을 보내고 싶습니다.

다음에 같은 질문을 받으면 이렇게 대답해봐야겠어요.

"저는 평소에 무사히 지내고 싶어 합니다."

분식

떡볶이 한 접시,
왠지 고맙게 느껴져

떡볶이의 방학

좋아하는 가게가 여름휴가를 떠나면 응원하게 돼

나눠 먹자

가루 분(粉) 안에는 나눌 분(分)이 들어 있다고!

오늘도 분식집은

앉자마자 먹을 수 있는 떡볶이 한 접시, 왠지 고맙게 느껴져

사전에서 좋아하는 단어를 찾아봅니다. 뜻을 읽고 나면 좋아하는 단어가 전보다 더 좋아지기 때문입니다. 저에게 '분식'이라는 말이 그렇습니다.

어렸을 때 학교 수업을 마치고 친구들과 분식집에서 늘 똑같은 걸 사 먹었습니다. 그저 그날의 기분에 따라 후문 분식집, 정문에 있는 몇 번째 분식집, 큰길에 있는 분식집을 옮겨 다닐 뿐이었지요. 많이 주문하지 않아도 친구들과 둘러앉아 나눠 먹으면 이상하게 배불렀습니다. 지나가는 친구를 큰 소리로 불러 세워 같이 떡볶이를 먹고 시끄럽게 웃고 떠들던 시절의 어린이는 커서 떡볶이가 자주 먹고 싶은 어른이 되었습니다.

분식은 당연히 나누는(分) 음식을 뜻한다고 생각했는데 '가루 분(粉)' 자를 쓴다는 걸 알았을 때 마음이 개운해졌어요. 반드시 나눠 먹어야 하는 음식이 있다는 건 좀 이상하잖아요. 이제는 분식집에 혼자 가기도 합니다. 그곳에서 사 온 음식을 오늘의 나와 내일의 내가 나눠 먹습니다. 밀가루 따위로 만든 음식 앞에서 행복해하는 건 예전이나 지금이나 똑같고요.

하굣길에 어쩌다 혼자일 땐 떡볶이 양념을 바른 야끼만두 하나를 들고 가며 먹었던 기억이 납니다. 밑부분만 휴지에 싸서 건네받은 야끼만두는 다정하고 행복한 분식이었습니다. 최근에 야끼만두 한 봉지를 샀는데 예전만큼 행복하지는 않았어요. 그래도 냉동실에 야끼만두가 있다는 사실이 저를 웃게 만듭니다.

동네 떡볶이 가게가 긴 여름휴가를 떠나면, 그제야 더위를 실감합니다. 여름은 버터를 두른 프라이팬에 빵만 구워도 땀이 나는 계절이니까요. 여름에 붕어빵을 먹지 못하는 것도 전혀 아쉽지 않지요. 겨울에 만날 날을 기쁘게 기다립니다.

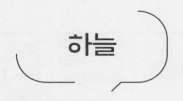

하늘

어떤 하늘을 좋아했더라?

오늘의 하늘

나는 좀 더 붉은 빛깔을 상상했어

좋아하는 하늘색

하늘색이란?

하늘색이란 말은,
맑은 하늘색만 뜻하는 것 같아.
하늘은 매일매일 달라지는데 말이야.

그래서 친구들이 생각하는
하늘색을 물어보았지.

나는 나무에서 올려다보는
가을의 높은 하늘색이 좋아.
하늘 가까이에서 보는 하늘은
정말 멋져.

밤의 하늘색 본 적 있어?
어두운데도 무척 투명해.
그때는 밤하늘에 잠깐
숨어서 푹 쉬게 돼.

냇물에 비친
여름의 하늘색.

멍하게
몇 시간이든
볼 수 있어.

이른 아침의 흐린 듯 개운한
하늘빛이 좋더라.
나는 아침에만 하늘을 제대로
볼 수가 있거든.

BREAD

모두의 하늘색만 모아도 엄청 두꺼운 책 한 권이 만들어질 거야!

하늘색만큼 다채로운 색이 또 있을까요. 저마다의 하늘색을 모아 컬러 칩을 만든다면, 매일의 기분에 딱 맞는 색 하나를 고를 수 있을지도요.

'하늘하늘'이라는 부사를 보면 하늘거리는 모양에서 하늘이라는 말이 생긴 게 아닐까 싶습니다. 힘없이 늘어지고, 가볍게 흔들리고, 어딘가 메인 데 없이 한가롭게 멋대로 놀고 지내는 모양을 뜻하는 하늘하늘은 그야말로 하늘에 기대하는 내 마음과 똑같습니다.

가끔 산에 올라 고개를 들어 하늘을 바라봅니다. 몇 개의 나뭇잎을 제외하면 하늘만이 보이는 순간입니다. '지금 이 순간은 적어도 100년 전과 비슷한 풍경이지 않을까, 물론 공기는 다르겠지만' 하면서 아주 잠깐 순간 이동을 한 기분입니다. 하늘에게서만 받을 수 있는 자연의 기운이라는 게 있습니다.

어떤 사람이 SNS에 "정말 좋아하는 날씨다"라는 말과 함께 사진을 게시했는데, 저로서는 단 한 번도 좋다고 느낀 적 없는 하늘색이었습니다. 비가 오기 직전에 바람이 많이 부는 날씨였습니다. 사진 속 하늘을 가만히 살펴보니 제가 그리는 그림에 많이 쓰기도 하는 다소 탁한 색이었어요. 좋아하는 색 이었는데, 하늘을 볼 때는 눈여겨보지 않았던 거였어요. '맞 아, 이런 하늘색도 있었지' 하면서 좋아하는 하늘색 하나를 더했습니다. 이제는 탁하고 진한 하늘색을 종종 기다립니다.

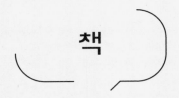

책

오늘의 빈칸이
빼곡하게 채워지는 시간

읽는 모습

저녁 무렵이면 하루의 빈칸이 보입니다.

그럴 때 우리는 각자의 책장을 펼치죠.

며칠 전만 해도 첫 장이더니 벌써 저만큼이나 읽고 있네.

참견하지 않고 그저 바라봅니다.

재미 있나봐

책 읽는 모습은

가장 경쾌한 멈춤이에요.

저녁 무렵은 오늘의 빈칸이 빼곡하게 채워지는 시간

책 읽을 에너지

요즘은 책이 잘 읽혀. 그래서 계속 읽게 되네.

집중이 안 되는 시기가 지났나?

남의 이야기를 듣고 읽는 것도 큰 에너지가 필요하니까.

맞아. 이 에너지는 어떻게 만들어지는 걸까?

혹시 만나기 싫은 사람을 안 만났다든지,

밥을 먹고 싶을 때 먹고 잠을 자고 싶을 때 충분히 잤다든지?

해야 할 일을 미루지 않았다거나?

걱정하던 일들이 한차례 정리됐다거나.

나도 요즘 어느 때보다도 책 읽는 게 즐거워

언젠가를 위해

책을 사고 싶은 날에 사둬야 읽고 싶은 날에 바로 읽을 수 있다고!

종이를 좋아하는 만큼 책을 좋아합니다. 종이를 좋아하는 이유 여럿을 곱한 만큼 책을 좋아해요. 책은 쌓기 좋고, 꽂기 좋고, 마주 보기도 좋지요. 책에 붙는 동사에는 읽다, 보다, 모으다, 사다, 놓다, 꽂다 등 여러 가지가 있겠지만 가장 어울리는 동사는 역시 '펼치다'입니다. 펼쳐야만 비로소 마주 볼 수 있는 것들이 있다는 걸, 책은 매번 알려줍니다.

책이 잘 읽히는 시기가 때때로 찾아옵니다. 그런 날은 종일 몸이 둥글게 말아집니다. 그렇기에 읽고 싶다고 느끼는 책은 곧장 사두는 편입니다. 이 정도로 사고 싶은 거면 이건 진짜라고 생각하는 꽤 너그러운 기준이 있기도 하니까요.

당장 읽고 싶은 책이 집에 없을 때면 얼마나 공허한지 모릅니다. 바로 인터넷 서점에서 주문하는 경우도 있지만, 며칠 뒤의 마음은 또 다를 테니 그런 날은 동네 책방으로 향합니다. 그렇게 데려온 책을 그날 완독하느냐? 역시 그렇지 않지요. 책을 펼쳐서 무언가 알아보고 싶은 마음이 만져지고, 그런 나를 위해 몸을 움직이는 것만으로 충분합니다. 그저 그날 하루의 단면에 살이 좀 오르는 정도가 딱 좋습니다. 몇 번 들춰보고 몇 장만 읽고 말겠지만 그런 독서들을 꾸준히 모으다 보면 어느 날에 필요한 문장이 나도 모르게 떠오르지 않을까 믿고 있습니다.

나의 책들은 모든 날을 기다리고 있습니다. 간혹 펼쳐지기를, 그러다 문득 전부 읽히기를, 가끔 표지를 내세우고 있기를. 그리고 한 번 더 읽히기를요.

가끔 말도 못 하게 다행이라고 생각합니다. 이 세상에 종이라는 게 있어서, 그래서 책이 생겨서 정말로 다행이라고요. 고요히 자신만의 고유한 이야기를 담아낸 채로 머물고 있는 책을, 저는 너무나도 닮고 싶습니다.

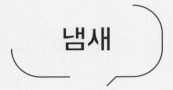

냄새

좋아하는 것들의
낌새를 느낄 수 있어

잘 가

어제까지만 해도 여름과 같이 앉아 있었는데 말이지

냄새의 낌새

알고 싶은 모든 걸 냄새로 알 수 있지.

오늘의 날씨

맛있는 빵

커피 원두의 상태

읽고 싶은 책

그리고
걷고 싶은 골목.

냄새로
좋아하는 것들의 낌새를
느낄 수 있어.

오늘 바람에는 어떤 냄새가 느껴졌나요?
분명 어제와는 조금 다를 거예요

어서 와

가을 냄새는
언제나 마음의 준비를 허락하지 않습니다.

이런 식이에요.

하암.
오늘도
잘 잤다!
왠지 좀
서늘하네.

안녕? 이제
일어났는가?

가을 씨!

아니, 온다는
말도 없이…

커피
드려요?

하하하

아이스로 부탁해요.
올 때 조금 덥더라고.

가을 냄새는 이렇게나 불쑥 찾아와요

계절은 안녕이란 말도 없이 가버립니다. 미세한 냄새만을 남기고서요. 그리고 다음 계절 역시 온다는 말도 없이 와버리죠. 이럴 때면 인간인 내가 얼마나 무력한지 알게 됩니다. 아침에 일어나 창문을 열면 어제와 다른 기운이 느껴집니다. 어제까지 같이 지냈던 계절은 가고, 새로운 계절이 도착해 있을 때면 왠지 섭섭하죠. 지난 계절에게 낯간지러운 작별 인사를 건네려고 하면 가버린 계절은 등 돌린 채 이렇게 말합니다.

"야. 됐어. 다음에 보자."

아무리 창문을 쳐다봐도 가버린 계절은 뒷모습뿐입니다. 여름이 놓고 간 푸른 잎, 창가에서 그을린 책 표지. 가끔은 놓고 간 자국들이 뒤늦게 발견되기도 합니다. 계절은 짐을 한번에 싸서 가져가지 않나 봐요. 택배로 뒤늦게 보내는 짐처럼, 며칠 전에 자른 발톱 조각이 뒤늦게 발견되는 것처럼, 지난 계절의 냄새가 뒤늦게 느껴질 때가 있습니다. 가을이 성큼 왔지만 어느 날 어느 골목에서는 여름만의 냄새가 지나간다든지, 여름의 빛이 잠시 비친다든지 하면서요. 그런 찰나를 되도록 자주 알아채며 이 마을에서 살아가고 싶습니다.

이 글을 쓰는 지금은 봄입니다. 따지자면 봄이지만, 겨울의 으슬으슬함이 옷깃 안에 아직 남아 있는 봄입니다. 그러면서도 몸을 조금 많이 움직였다 싶으면 금방 이마에 땀이 맺히는 봄이기도 하죠. 이렇게 지내다 보면 어느 날 완연한 봄의 냄새가, 봄이 가려 하는 냄새가, 여름이 시작되는 냄새가, 또다시 여름은 가고 가을이 불쑥 찾아온 냄새가 나겠죠.

키키와 그런 순간을, 그 냄새와 함께하면서, 지루하게 돌고 도는 계절을 되도록 느리게 또 오래 느끼고 싶습니다. '어제는 어떤 봄이었네' '오늘은 어떤 여름이네' 하면서요.

가을의 단어

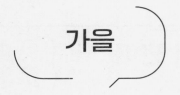

가을

낮에도 밤에도 좋은 기분

산책

낮에는 볕을 마냥 바라볼 수 있고, 밤에는 이불을 꼬옥 껴안게 돼

고개

가을 추(秋)는 볕을 쬐는 고개 숙인 벼 모양이잖아.

가을은 사람들도 고개를 많이 숙이는 계절인 걸까?

응?

아까 집 앞 카페를 지나는데

뜨거운 커피를 마시면서 책 읽는 사람들이 많더라고.

하하하. 창가에서 가을볕을 쬐면서 말이지?

우리도 가을 앞에서 고개를 잔뜩 숙이자!

가을은 책과 따뜻한 커피가 합쳐진 모습이 아닐까?

두 얼굴

키키야.
오늘도
쌀쌀하다.

낮엔 땀이 났는데,
아침저녁으로
참 쌀쌀하네.

그 덕분에 낮에는
찬 음식이 맛있고,
밤에는 따끈한
국물이 생각나.

결국 먹는 이야기를
하고 싶은 것뿐이잖아.

있지, 맥주가 맛있는
밤이 얼마 안 남았으니
많이 마셔줘.

헉!

**가을은 더울 때 와서
남아 있는 더운 기운을 몽땅 들고 사라지는 계절이야**

카페에서 일할 때는 타인의 선택들로 계절을 감각하게 됩니다. 평소보다 차가운 음료 주문이 많으면 여름이 온 걸 실감하고, 따뜻한 음료 주문이 많으면 찬 바람이 부는지 창밖을 쳐다봅니다. 가을에는 어김없이 따뜻한 커피 주문이 이어집니다. 늘 차가운 커피를 주문하던 단골손님이 따뜻한 커피를 주문하는 날에는 성격에도 맞지 않는 인사말을 건넵니다.

"많이 추워졌죠?"

"이제 진짜 가을 같아요."

"다들 따뜻한 커피가 생각나나 봐요."

이런 말을 건네며 스몰 토크를 마무리하던 날이 있었습니다. 방금 만든 따뜻한 커피에 오늘의 계절을 조화롭게 누리고 있는 손님의 모습을 보던 나날. 잠깐 쉬는 시간이 생기면 나를 위한 커피 한 잔을 내리면서, 카페 안 사람들과 비슷한 오늘을 바라봅니다.

가을에는 먹고 싶은 게 많아져요. 모든 계절이 그렇지만,

가을은 웃으면서 먹고 싶은 이유를 찾게 되는 계절입니다. 약간의 찬 바람을 탓하며 따뜻한 커피를 마시고 싶기도 하고, 송골송골 맺힌 땀을 달래기 위해 차가운 커피를 마시고 싶기도 하죠. 가을에 맞춰서 익는 것들이 있듯이, 저 또한 가을이 되면 식욕이 보기 좋게 익는 것 같습니다.

지난 계절에 아쉬웠거나 덜 챙긴 것들을 가을의 선선한 날씨 아래에서 열심히 챙깁니다. 맥주만큼 챙기는 게 바로 옥수수. 옥수수만큼 챙기는 게 끝물의 수박이 아닐까요.

가을의 시작은 다채롭습니다. 덥기에 좋은 것과 추워지면 누리고 싶은 것들이 적절하게 섞여 있으니까요.

차

마지막엔 역시 차가 좋아

차의 시간

차는 우리는 시간이 필요해.

그래서일까.

차가 우려질 때까지
가만히 있는 건 꼭 명상 같아서

멀리 바라보지 못했던 부분을
모처럼 생각하게 돼.

이제 됐다 싶을 때면

차를 흔들면서 다시 지금으로
돌아오는 차의 시간.

가을에 딱 갖기 좋은 차의 시간

친구와 차

흐리게 우려질수록 친구의 얼굴을 가만히 보게 돼

내일의 차

한밤중에
냉침하기.

찬물에 차를 우린다는 건
내일을 생각한다는 것.

가만히 두고 자면 되는데
꼭 쳐다보게 되더라.

밤의 한 부분은 참 성실하지

차를 고르고, 차를 사고, 차를 우리고, 차를 마시지만 아직 차의 진짜 매력을 만끽하고 있지는 못합니다. 차의 시간은 언제나 커피의 시간을 마음껏 누린 이후에 가지니까요. 하지만 분명한 게 있습니다. 해가 지날수록 차가 궁금해진다는 것. 그만큼 차에 대해서 새로이 알게 될 목록들이 많아지겠죠.

차는 저에게 시간이 걸리는 메뉴입니다. 내가 마실 차를 우린 일보다, 남이 주문한 차를 우린 게 더 많을 겁니다. 카페에서 일하다 보면 의외로 차 주문이 많다는 걸 알게 됩니다. 두 명의 일행이 카페에 들어와 한 명은 아이스 아메리카노를, 또 한 명은 따뜻한 차를 주문한다면, 계산을 마친 후 손을 씻고 가장 먼저 할 일은 도자기 찻주전자에 따뜻한 물을 붓고 차를 꺼내는 일입니다. 찻주전자가 어느 정도 데워지면 물을 버리고 다시 뜨거운 물을 담아 차를 담가 둡니다. 타이머로 시간을 설정하고 나서야 커피를 만들기 시작합니다.

밀크티는 어떨까요. 우유를 끓이는 냄비에 우유와 설탕 찻

잎을 넣고 끓입니다. 이 단순한 문장에는 8분가량의 끓이는 시간이, 끓이는 동안 계속 저어주는 동작이 들어갑니다. 손님에게는 다소 길지 모르지만, 끓이는 사람에게는 찰나의 시간입니다. 카페 일이 손에 익으면 몇 분이 지났을 때 우유가 넘쳐흐르는지 알게 되죠. 밀크티와 아이스 아메리카노 주문이 함께 들어오면, 냄비를 불 위에 올려놓은 후 우유가 끓어 넘치기 직전에 커피를 준비하기 시작합니다. 차를 만드는 과정에 따라 나의 움직임이 달라지는 이 일은, 매 순간을 아낌없이 쓰며 얻는 쾌감과 금방 증발할 성취감 때문에 지속할 수 있었습니다. 지금은 카페 일을 할 시간은 물론, 내내 서서 카페 안을 리듬감 있게 지휘할 힘이 부족해졌습니다.

　잔 위에 거름망을 올려두고 밀크티 붓는 시간을 좋아했습니다. 그 위에 따뜻한 스팀 우유 거품을 올려 내놓습니다. "뜨거우니 조심해서 드세요"라는 말과 함께요. 진하게 우린 밀크티 위에 스팀 우유 거품을 올리면 마치 구멍이 뚫린 듯

하얀 동그라미가 그려집니다. 잔 안을 들여다보면 '가장자리가 누렇고 가운데가 새하얀, 이것이 바로 밀크티입니다'라는 표시 같죠.

밀크티는 셀 수 없이 만들었는데 사실 저는 밀크티를 못 마십니다. 하지만 레시피만큼은 꼼꼼하게 지켰기에 분명히 맛있었을 겁니다. 이 세상에는 잘 모르더라도 완벽한 부분이 존재합니다. 이런 저라면 누구보다 차를 사랑할 준비가 되어 있는 사람이 아닐까요.

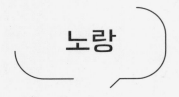

노랑

노란 냄새도 반가워

반가워

잊고 있던 것들을
다시금 알아차릴 때가 있죠.

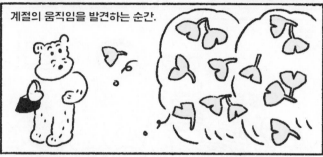

계절의 움직임을 발견하는 순간.

맞아.
이 나무들 은행나무였지.

이맘때가
되면
노란색으로
변하는
우리 동네.

킁킁킁
노란 냄새도
반가워.

※ 주의 : 개는 은행을 먹으면 안 됩니다!

노르스름한 게 더 좋아

오늘은 옆 동네에 새로 생긴 빵집까지 산책해볼까?

그냥 그 빵집에 가고 싶은 게 아니고?

맞아.

빵집 도착.

우와!

여긴 바게트가 두 가지네? 뭐 살까?

더 노르스름한 게 좋아.

왜?

더 구수해 보이지 않아?

빵의 노릇노릇함은 참으로 다양하지

가장 완벽한 색

노랗다고 하면 어떤 색이 떠올라?

노랑?

나는 머스터드 색. 샌드위치에 발라 먹고 싶어져.

나는 귤색! 잘 익은 색이 좋아.

나에게 가장 완벽한 노란색은 찐 고구마 색이야! 맛있는 색이지.

잘 쪄진 밤도 정말 예쁜 노란색이야.

벌써 찐 밤 냄새가 나는 것 같아!

노오란 색은 왜 이리 맛있을까?

노란색은 어린 시절 가장 좋아하던 색이었습니다. 오빠는 핑크색, 저는 노란색을 좋아했죠. 만화 영화의 영향이었지만, 꼭 그것 때문만은 아니었습니다. 가장 좋아하는 색이 무엇인지 정했다는 것과 그게 노란색이라는 게 좋았습니다. 내가 무얼 좋아하는지 알고 있고 누가 물어보면 바로 말할 수 있다는 사실은, 어린이인 저를 꽤 당당하게 만들었어요. 오빠의 핑크 사랑은 금방 잠잠해졌습니다. 언젠가 친구가 놀려서 핑크색을 그만 좋아하게 되었고, 저는 그게 조금 속상했던 기억이 납니다.

지금의 저에게 노란색은 키키가 좋아하는 고구마와 밤의 색입니다. 그리고 노란 빵의 구수한 색. 요즘은 건강을 위해 통밀빵을 주로 먹는데 진한 색만큼이나 그 맛이 구수해서 좋습니다. 지금 가장 좋아하는 색은 아니지만, 좋아하는 노란색의 종류가 많아졌다는 걸 느낍니다. 그림 배경에 노란색을 종종 사용하는데, 기분에 따라서 노란 기운이 흐려지기도 밝아지기도 합니다. 색을 쓰는 직업을 갖게 된 이후로는 좋아하는 색이 많아졌습니다. 쓰면 쓸수록 보면 볼수록 색의 세계에 다가가게 되고, 몰랐던 색과 느리게 친해집니다.

가을에는 온 동네가 노란색으로 변합니다. 그리고 노란 기운이 낮게 깔립니다. 푸른색으로 가득하던 나의 동네를 한순간 노랗게 마주할 때, 색을 쓰는 건 이 세상을 따라갈 수 없다고 생각합니다.

"이 색, 정말 탁월해!"

나무를 올려다보며 외치고 싶습니다.

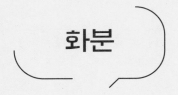

화분

새잎 난 거 봤어?

아침

화분을 보면 시간은 그저 흐르는 게 아닌 것 같아

화분이 혼자 움직일 수 있다면 집 안 여기저기를 돌아다니겠지?

밤

가을부터는 잊지 말고 꼭 들여놔야 해

화분을 들인다는 건 매일 씩씩하게 지내겠다는 약속입니다. 내가 고른 화분과 나눈 약속이지요. 화분은 나의 집이 받아들이는 모든 것에 영향을 받으니까요. 그런 화분을 살핀다는 건 에너지를 요하는 일입니다. 머리를 감기 싫을 정도로 기운이 없는 날에도 화분은 오늘을 기꺼이 보내고 있습니다.

또 하나의 약속이 있습니다. 넉넉한 집을 만들어주겠다는 약속. 꽃집에 있는 식물은 옮기기 편한 화분에서 좁게 지냅니다. 그대로 뿌리를 내려 작은 화분에 꽉 차게 되면 분갈이하기도 힘들어집니다. 빵집에서 빵을 담아준 그대로 보관하면 수분이 몽땅 사라져 맛없어지는 것과 비슷하지요. 케이크도 마찬가지. 내내 식탁에 두면 어떤 건 녹아버릴지도 모르죠. 내가 고른 것을 집에 데려왔다면 그에 맞게 행동해야 합니다. 화분은 분갈이, 내일 먹을 빵은 소분하고 밀봉하여 냉동실, 케이크는 냉장고.

집과 작업실에 화분이 있습니다. 출근하면 제일 먼저 화분과 이제 막 발아된 씨앗을 살핍니다. 최근에는 '버터헤드'라는 상추를 키우고 있습니다. 옥상에 고이는 볕과 부는 바람이 아까워서요. 샐러드로 자주 먹는 채소를 심었더니 매일이 무럭무럭 지나가고 있습니다. 쉬는 시간에는 화분을 쳐다봅니다. 화분을 보기 위해 모니터와 멀어지는 것 같아요. 잠시 일을 멈추는 데에 분명한 핑계가 됩니다. 퇴근하면서 작업실 화분들 몇 개는 안으로 옮기고, 집에 돌아가서는 하루 종일 조용히 지냈을 집의 화분들을 쳐다봅니다. 날이 밝으면 아침 볕을 좋아하는 화분들을 옮겨주고, 출근하면 작업실의 화분들에게 인사하지요.

바쁘고 정신없는 날에도 잊지 않고 반려 식물을 꼭 바라봅니다. 저마다의 속도로 지금을 받아들이는 모습을 보면 나의 속도로 차근차근 기운을 내게 됩니다. 식물 모양의 문에 들어갔다 나오는 기분이 들어요.

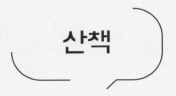

산책

키키야, 산책 가자

가자

우리의 산책은 딱 오늘만큼의 계절을 충분히 느끼는 시간

조용한 산책

같은 곳을 보면서 걷다가

같은 이유로 뛰다가

걸었던 만큼 다시 걸어 돌아오는 길에
조용해지고 멍해져.

· · ·

저번에 말한 그 일 말이야.
그냥 안 하려고.

그래?
잘 생각했어.
수고했네.

수고는.

천천히 걷는 일은 과거와 미래의 나를 잠시 만나고 오는 일

각자의 산책

이것도 좋은 산책이지

키키와 살게 되면서 산책을 만끽하고 있습니다. 단 하루도 빠지지 않고 휴일에도 반드시 밖으로 나가야 합니다. 키키 덕분에 생긴 이 일과는 제 하루를 꽤 많이 바꿔놓았습니다.

저는 집에 있는 걸 아주 좋아합니다. 학생 시절에는 방학만 맞이하면 일주일 내내 외출을 하지 않아 가족들의 걱정을 사곤 했습니다. 물론 지금도 집에서 심심하지 않게 지낼 수 있지만, 산책을 하지 못한다면 얘기가 달라지죠. 산책은 집에서 지내는 것과 외출하는 일 그 사이에 놓인 환기의 다리 같은 존재입니다.

종일 키키는 잠을 자거나, 일하는 저를 기다리면서 시간을 보냅니다. 그리고 하루 두 번, 산책하는 시간에 드디어 키키가 앞장을 섭니다. 키키가 가고 싶은 곳으로, 키키의 속도에 맞춰서 걷습니다. 키키가 주인공이 되는 시간이기에 되도록 키키 마음대로 하게 둡니다.

키키도 그걸 아는지 산책할 때마다 집에서보다 더 똑 부러지게 저를 쳐다봅니다. '이제 그만 집으로 가자'를 뜻하는 골목으로 꺾으려 하면 키키가 온몸에 힘을 주고 저를 노려봅니다. 그 옆에는 굵은 글씨로 말풍선 하나가 그려집니다.

"아직."

이때 키키 표정을 보면 집에 갈 수가 없습니다. "키키 가고 싶은 곳으로 가자" 하고 발을 떼자마자 너무나 신난 발걸음으로 자기가 고른 골목으로 껑충 뛰어드는 키키.

한 골목 한 골목 산책의 시간을 연장하는 키키와 걷다 보면 고민이 흐려지기도 하고, 일하면서 막혔던 부분이 반짝거리며 풀리기도 합니다. 가볍게 걸으며 나를 내버려두는 시간 역시 필요하다는 걸, 단순하게 한 걸음 한 걸음 걷는 키키를 바라보면서 느낍니다. 무엇보다 키키와의 산책은 우리가 마주 보고 조용히 그리고 시끄럽게 오랜 대화를 나누는 시간입니다.

하루 종일 나를 기다리는 키키는, 산책을 하면서도 언제나 기다립니다.

　"오고 있니?"

　"여기까지 먼저 와봤는데 안전해."

　"재밌어."

　"빨리 와봐. 같이 보자."

　"신난다!"

　경쾌하게 뛰어가다 멈춰 서서 돌아보는 키키 얼굴에 여러
말풍선이 보입니다.

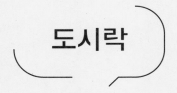

도시락

바로 오늘이야

바깥이 나오래

바깥이 우리를 부르는 날은 도시락을 싸는 날

공원에서

오전에는 조용하고 좋다.
아무도 없네.

아침이 다 내 것 같아.

도시락 속에 담긴 게 모두 내 것인 것처럼!

긴 하루

비슷한 아침이 올 때까지 도시락은 긴 잠을 잘 거야

도시락은 꼭 여행 가방 같습니다. 잠자코 쓰일 날을 기다리고 있으니까요. 도시락은 찬장의 제일 높은 곳에서, 여행 가방은 베란다의 제일 구석에서.

도시락에 담긴 먹거리는 그게 무엇이든지 '도시락'이라는 음식이 됩니다. 야외에 앉아 도시락을 꼬옥 잡고서 먹다 보면 소풍의 기운이 입에 함께 들어가니까요.

키키와 함께 공원을 찾으면서 도시락을 가까이 두게 되었습니다. 나의 도시락과 키키의 도시락을 챙겨 나가면 밖에서의 생활이 도시락만큼 포장됩니다. 하늘 아래에서 한 입 한 입 서로의 입에 과일을 넣을 때마다 "맛있지?" "맛있다!" 하는 소리가 번갈아 들립니다.

"밖에서 먹으니까 더 맛있다!"

밝은 표정으로 키키에게 건넨 이 말을, 키키는 알아들었겠죠? 밖에서 먹으니 더 맛있는 이 순간이 몇 번 반복된다면 키키도 가끔은 '이거 밖에서 먹으면 더 맛있겠군' 하며 저보다 먼저 도시락을 떠올릴지도 모르죠. 이런 상상을 하면서 잠자코 있는 키키를 더 귀엽게 바라봅니다.

도시락에 얽힌 여러 일화가 있습니다. 아주 어렸을 때의 일입니다. 학교에서 서울의 궁으로 소풍을 갔습니다. 엄마는 김밥과 함께 간식 도시락을 따로 싸주셨어요. 모두 함께 모여 도시락을 먹은 후 볼펜과 메모장 세트를 목에 걸고 궁 여기저기를 돌아다녔습니다. 친구와 손을 잡고 다니다가 발견한 벤치에 잠시 앉아 메모를 하다가 왠지 이때다 싶어 간식 도시락을 열었습니다. 그 안에는 식빵 가장자리를 길게 잘라서 버터에 굽고 설탕을 뿌린 러스크가 한가득. 고소하고 달달한 향이 퍼졌습니다. 메모하던 것도 잊고 친구와 러스크를 먹고 있는데 지나가던 한 아저씨가 아주 작은 꼬마 아이에게 이렇게 말했어요.

"우리 ○○이도 저 언니들처럼 언젠가 혼자 소풍도 가고, 저렇게 씩씩하게 도시락을 먹겠지?"

나도 아직 아이라고 생각했는데 그 순간만큼은 처음으로 언니가 된 듯해 으쓱했던 기억이 납니다. 궁에서 러스크를 먹는 나, 너무 멋져! 그래, 맞아. 친구랑 둘이서 우리끼리 메모도 하고 간식 도시락을 먹고 있다네. 으쓱으쓱.

집에 돌아가서 엄마에게 러스크를 맛있게 먹었다고 재잘거리던 식탁까지가, 그 도시락의 기억입니다.

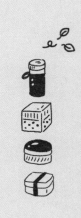

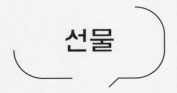

선물

나에게 수고했다는 말

내 생각

나를 위한 선물은

나에게 수고했다는 말.

나에게
이것만큼은

사고 싶은 만큼
사주자고 정했어.

언제 이렇게
책을 또
많이 샀지?

살 이유가
있었나 보네.
하여간 못 말려.

각종
실용서들

요즘 내가 듣고 싶은 말을 나에게 선사하고 싶어

선물 받기

마음이 넉넉한 날에는 혼자서도 선물을 잘 챙기지

네 생각

작은 선물은 네 생각을 하고 있다는 말풍선이야

주변에 소중하고 친한 사람 몇 명만 두어도, 1년간 선물을 고르며 지내게 됩니다. 봄에 태어난 사람에게는 일렁이는 설렘을, 여름에 태어난 사람에게는 활기찬 기운을, 가을에 태어난 사람에게는 잔잔한 마음을, 겨울에 태어난 사람에게는 따뜻한 온도를 선사하고 싶어집니다. 가끔씩 오래 알고 지낸 사람에게는 생일과 다른 계절의 물건을 골라주기도 합니다. 하지만 다음 해가 되면 결국 계절에 맞는 선물을 고르게 됩니다. 계절에 맞춰서 그 사람을 떠올리는 게 더 자연스럽다는 생각이 느지막이 듭니다. 일단 지금을 잘 보내자, 하루씩, 한 계절씩 잘 살자고 말하고 싶어집니다.

반대로 선물을 받으면, 주변 사람이 요즘 저를 어떻게 생각하고 있는지 눈치채게 됩니다. 밥을 잘 챙겨 먹는 사람처럼 보이는 저는 테이블과 잘 어울리는 선물을 자주 받아왔습니다. 친구들이 골라준 물건들이 내 하루에 더해질 때 우리는 따로 있지만 같이 놓이게 됩니다. 친구들의 응원은 식탁에, 찬

장에, 서랍에 고이 놓여 있다가 용기가 필요한 날에 반드시 꺼내집니다. 선물 받은 빵 칼로 빵을 야무지게 썰고, 선물 받은 컵에 커피를 조용히 따르고, 선물 받은 티코스터에 따뜻한 주전자를 올리면서, 그들의 시선을 떠올립니다. "올해 생일도 축하할 수 있어서 기뻐"라고 쓰인 편지도 함께요.

봄에 태어난 저는, 봄만 되면 갖고 싶은 게 뭐냐는 질문을 받습니다. 얼마 전 "진아, 뭐 갖고 싶어?"라는 친구의 물음에 왠지 부끄러워서 없다고 대답했습니다. 그러자 친구는 "너 갖고 싶은 거 뭔지 알아. 시간이지?" 하며 저에게 시간을 주고 싶다고 농담처럼 말했습니다. 부쩍 바빠져 마감과 마감 사이에서 정신을 못 차리는 제게 가장 필요한 건 여유라는 걸 친구는 알고 있었나 봅니다. 그 말에 깔깔깔 웃으면서 시간을 줄 수 있으면 달라고 팔짱을 꽉 꼈습니다. 이 순간 선물을 받은 것만 같아서, 그간 바빠서 정신없이 구겨진 마음이 약간 펴졌습니다.

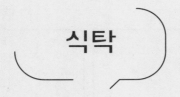

식탁

식빵만큼이나 마음에 드는 단어

식탁 위

이 계절의 식탁 위를
좋아합니다.

지그시 바라보고 있자면

계절의 재료들이
주렁주렁 열린
나무 같아 보이거든요.

식탁 위를 보면 계절이 느껴져요

기다렸어

그리고 이 식탁에서 '일상에서 일상으로' 가져갈 힘을 얻게 돼

돌아왔다

늘 음식이 차려져 있는 우리 집 식탁
식탁은 식빵만큼이나 마음에 드는 단어예요

식탁은 음식을 차려놓고 둘러앉아 먹게 만든 탁자입니다. 둘러앉는다는 말은 꼭 여럿이 앉아 있는 모양 같죠. 그럼 혼자 쓰는 건 식탁이 아니냐고 반문하고 싶어지지만, 조금 더 넓게 생각해봅니다. 식탁이란 '나'와 '내가 차린 음식'이 도란도란 둘러앉은 모양이 되기도 하고, 또 언젠가를 위해 빈자리를 준비한 모양이 되기도 합니다.

처음 혼자 살 때는 4인용 다이닝 테이블이 방의 주인이었습니다. 부엌이 좁은 집이라 방에 다이닝 테이블과 침대를 두었습니다. 낮고 큰 탁자에 소파처럼 편한 의자가 한 세트였지요. 아침이면 조식을 먹는 테이블, 작업실에 나가지 않을 때는 일하는 책상, 휴일에는 편한 자세로 영화나 드라마를 보는 소파, 저녁이면 나를 위해 차린 저녁밥을 먹는 식탁, 밤에는 술상이 차려지는 곳이었습니다. 누군가 놀러 오지 않으면 언제나 세 자리가 비어 있는 식탁이지만, 그 빈자리는 언제나 저를 채워주었습니다.

혼자 살게 된 이후로 친구들이 독립을 축하하며 자주 집에 찾아왔습니다. 몇 없는 소중한 친구들이 놀러 오면 음식을 차려놓고 그제야 정말로 둘러앉게 됩니다. 비로소 나의 다이닝 테이블은 기쁘게 네 명을 대접하는 가구가 됩니다. 그때마다 편하게 기댈 수 있는 의자가, 먹을거리를 가득 놓아도 넘치지 않는 큰 테이블이 친구에게 고맙다는 말을 대신해주었습니다. 가구라는 건, 이 집에 사는 나만을 위한 게 아니라는 걸 식탁을 사용하며 알게 되었습니다. 이 집에 사는 나를 가득 안아주고, 언젠가 방문할 친구들을 미리 환영해주는, 존재 자체가 여유가 되는 가구. 집에 놓인 식탁은 이렇게 말합니다.

　"둘러앉는 곳이야. 그렇지만 둘러앉지 않아도 상관없는 곳이야. 너를 위한 맛있는 걸 먹는 곳이야. 그걸 누군가랑 나누기 좋은 곳이야."

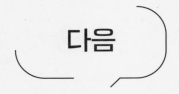

다음

'아직'을 닮은 단어 같아

다음에 할까?

우연히 만난 고양이.

이 친구 자주 만나네. 사진은 다음에 찍어야지.

늘 가던 식당.

새로운 도전은 다음에 해야겠다. 난 늘 먹던 걸로.

MENU

비가 너무 많이 와. 전시는 다음에 갈까?

비 오는 날.

하하하. 그래. 그럼 우리 다음에 보자.

종일 쉬는 날.

'다음'은 꼭 '아직'을 닮은 단어 같아

다음 날

다음 날은 오늘과 다른 날이라는 뜻인가 봐

다음은 없어

다음에 또 하고 싶다는 말은, 오늘에 대한 가장 큰 칭찬 같아!

다음으로 미루던 모든 것에 그리움과 안타까움을 느낍니다.

마음이 답답해서 여행이나 갈까 할 때 뒤도 안 보고 떠났어야 했고, 공연을 볼까 말까 고민할 때에는 봤어야 했다는 걸 이제야 알게 되었습니다. 그런 안타까움을 느끼면서도 동시에 누구보다도 다음 생각을 안 하고 지냈구나 싶습니다. 떠나고 싶다는 마음에 확실한 이유 하나만 더해지면 곧장 내가 원하는 곳으로 데려다주었고, 힘들다는 투정에 위험이 감지되면 우선 나를 안아주며 여행을 보내주기 바빴으니까요. 내 마음에 귀 기울여준 과거의 나에게 얼마나 고마운지 모릅니다. 가능한 수준으로 누릴 만큼 누려보았기에 아쉬움은 더 구체적으로 다가옵니다.

20대와 안녕한 후로 변한 게 있다면 내 말을 들어주기 시작한 게 아닐까요. 하고 싶은 마음을 저버리고 다음으로 미룬 게 아니라, 해봤는데 더없이 좋아서 비슷한 다음을 나에게 또 보여주고 싶은 마음으로 살았습니다. '반드시 좋음!'이라는 목록 앞에서는 많은 것을 따지지 않는 단순한 성격이기에 가능했는지도요. 그렇기에 자꾸만 비슷한 다음을 또 만들었고, 좋았던 기억을 오늘 다시 느끼면서, 좋았던 시간들에 버금가는 날들이 꾸준히 쌓였습니다.

아, 다음의 유사어는 버금입니다. 으뜸의 바로 아래라는 뜻입니다. 으뜸이던 지난날이 있었기에, 더욱이 여유롭게 오늘에 집중할 수 있어요. 좋았던 시절에 버금가는 기분을 느낀다는 건, 지구에서만 경험할 수 있는 황홀한 감정입니다. 저는 이런 다음들을 줄줄이 만나며 전에 없던 새로움을 하나라도 더 발견하며 살아가고 싶습니다.

지금 좋다고 느끼는 것 앞에서 머뭇거리면, 다음에는 똑같은 게 찾아오지 않습니다. 지금은 늘 가던 여행지에 갈 수 없고, 바다 건너의 친구를 만날 수도 없지요. 안타깝게 놓쳤던 다음들을 떠올리면 고개가 숙여지지만 그래도 괜찮습니다. 그에 버금가는, 어쩌면 지금 안에서 으뜸인 하루를 이제부터 찾아보려고 합니다. 어느 때를 살든 더 이상 머뭇거리고 싶지 않습니다.

오늘 골목에서 만난 고양이는 내일 그 자리에 있지 않습니다. 하지만 어떤 날에는 같은 자리에서 만날지 모르니 매일 작은 간식을 챙겨 다닙니다. 다음에 주는 게 아니라 우연히 만난 오늘 줄 수 있도록요.

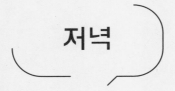

저녁

가을과 저녁은 열심히 챙겨야 해

가을의 주인공

가을에 끓이는 뜨거운 전골에는 가을 무가 주인공이야

닮았네

눈 깜빡할 사이에 저녁과 가을은 나를 두고 가버려

저녁 산책

올해의 밤에 뭐 할지 떠올리다 보면 저녁도 금방 지나가겠지?

저녁이 자꾸만 투명해집니다. 한 해 중에 꼭 가을이 그렇듯이요.

저녁이 있는 삶이라는 말이 사람들 입에 오르락내리락할 때, 저도 저녁을 따지기 시작했습니다. 회사원이던 저는 저녁을 건너뛰고 밤으로 건너가던 사람이었습니다. 무엇보다 추워지기 시작하면 저녁은 더 쉽게 사라지는 것만 같았습니다. 아직 퇴근할 시간이 멀었는데도, 밖은 금세 어두워졌고 이내 회사의 창문에는 내가 비쳤으니까요.

저녁은 해가 질 무렵부터 밤이 되기까지의 짧은 시간을 말합니다. 아침은 짧은 줄 모르겠는데 저녁은 바쁘고 정신이 없어서 제대로 마주 볼 시간이 없습니다. 그래서 저녁은 우리의 하루에서 자꾸만 짧아지는지도 몰라요.

요즘에도 바쁜 날엔 어김없이 저녁까지 일을 하지만, 이제는 옥상에 나가 저녁을 만나기도 합니다. 저녁만이 보여주는 하늘이 머리 위에 둥글게 떠 있습니다. 남은 일은 저녁 하늘에 영향을 받아 잘 풀릴지도 모르죠. 그 반대가 될지도 모르지만, 저녁과의 만남을 챙긴 것만으로도 괜히 안심하게 됩니다.

'저물다'라는 말에는 해가 져서 어두워지는 장면이 들어 있습니다. 계절이나 한 해가 거의 다 지나간 시간도 들어 있고요. 해가 져도 하늘은 그대로입니다. 조명을 끈 내 책상처럼요. 저녁을 건너뛰고 밤이 된 하루라고 해서 마음이 낮아질 필요는 없습니다. 저녁만의 하늘을 못 봐서 아쉽다면, 불이 켜진 내일 아침에는 어제보다 더 자주 하늘을 올려다보는 건 어떨까요.

일이 많아 미처 책상을 정리하지 못하고 퇴근할 때가 자주 있습니다. 다음 날 아침에 출근하면, 어제저녁에 일했던 흔적이 그대로 남아 있습니다. 이렇게 저녁을 만나기도 하네요.

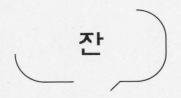

잔

쌀쌀해진 아침에는
오늘의 잔을 고르기

오늘의 잔

쌀쌀해진 아침에는

뜨거운 물을 데우고

오늘의 잔을 고르기.

・・・

♪

오. 이 잔
오랜만에 보네.

지난 계절에 사용한 잔을
오랜만에
마주할 때면

茶

오늘이 꼭 엊그제 같아.

나는
이 잔

茶

시간은 빠른 척하면서 그냥 고여 있는 게 아닐까

기분 좋아지는 잔

오랜만에 동네 잡화점 나들이.

이 잔 어때? 귀엽지 않아?

응. 조금 작지만.

역시 좀 작은가…

마음에 드나 보네.

그래도 하나 있으면 좋을 것 같은데?

자꾸만 보게 되는, 그래서 뭘 마실지 즐겁게 고민하게 되는 잔이야.

응. 진아 너랑 어울려.

그럼 하나 살까?

기분 좋아지는 잔이라면 넉넉히 있어도 좋으니까

투명한 대화

잔 앞에 모여 잠깐 동안 차를 마시며 나누는
시답잖은 대화는 좋은 간식이 되지

컵보다는 잔이라는 단어가 좋습니다.

잔은 '잔 잔(盞)'이라는 한자입니다. 그 모양을 보면 맨 밑에 '그릇 명(皿)' 자가 놓여 있죠. 잔은 역시 받침이 있어야 보기가 좋습니다.

무언가를 확실히 담아내는 물건들을 가만히 바라봅니다. 우리 집에 머물고 있는 것들이 방에 보기 좋게 담겨 있는 모습을 볼 때면 비로소 내가 놓여 있는 이 집이 좋아집니다. 꼭 들어맞지 않더라도 자기 자리가 있다는 건 어쩐지 개운합니다.

커피나 차를 따를 잔을 언제나 고심해서 고릅니다. 내가 나에게 내는 퀴즈 같아요. 정답이 없는 퀴즈. 지금 이 시간에 딱 어울리는 잔이 무엇인지 퀴즈를 풀어봅니다. 답을 고르는 기준은 단 하나입니다.

"기분이 좋아지고 싶다."

나를 위해 산 물건 중에서 오늘의 기분을 담아낼 수 있는 물건이 무엇인지 신중하게 고릅니다. 그 보기가 다양한 집이면 좋겠습니다. 우리 집에 있는 잔이니 당연히 실패하진 않겠지만, 더 좋은 것을 고심하는 마음은 내가 선호하는 것이 무엇인지 귀 기울여주는 연습이 되죠.

카페에서 낯선 잔들을 만납니다. 했던 걸 또 하길 좋아하고 한 가지만 고집하는 성향이다 보니 카페에서 남이 골라준 잔 덕분에 미처 몰랐던 취향을 알게 되기도 합니다. 내가 주문한 건 음료지만, 그것이 담긴 잔까지가 완성이라고 생각합니다. 이런 것도 좋구나 하면서, 좁디좁은 취향의 칸은 바깥에서도 충분히 넓어지고 있습니다.

그래서 좋아하는 카페의 로고가 인쇄된 잔을 종종 구입합니다. 가지 않더라도 그곳을 슬며시 느끼게 해주는 아주 작은 잔. 그 시간은 하루 중 아주 짧지만, 늘 고여 있는 자세의 나를 확실히 다른 곳으로 데려갑니다. 잔은 받침이 있는 작은 풍경입니다.

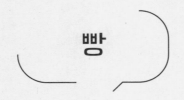

빵

빵은 어쩜 이름도 빵일까?

빵이라는 이름

빵은 어쩜 이름도 빵일까?

가끔 그런 게 새삼스러울 때가 있지.

빵이라는 이름을 가만히 오래 쳐다보면 진짜 빵처럼 보인다니깐.

밀도 높은 빵 말이지?

갑자기 퍽퍽한 스콘 먹고 싶다.

단팥빵이 들겠어.

저마다의 빵들은 모두 빵이란 이름과 어울리게 생겼어

겨울이 오는 소리

구운 식빵에 버터 바르는 소리는 겨울이 오는 소리야

식빵 산 날

오늘 구운 식빵만이 주는 부드러움이 있어

'요즘 자주 먹는 빵'이라는 빵이 존재합니다. 오후 4시에 간식으로 먹는 빵도 좋지만, 빵은 역시 아침입니다. 달콤한 빵보다는 씹을수록 맛이 나는 식사 빵 종류를 좋아해서일까요. 나를 위한 아침을 홀로 차리게 되면서 식사 빵을 좋아하게 되었습니다. 졸린 눈으로 커피를 홀짝이고 빵을 조용히 오물오물하다 보면 멍하니 있는 시간만큼 빵 맛이 느껴집니다. 아침을 당연히 거르던 날을 지나 이제는 빵을 먹으며 아침을 여는 어른이 되었죠. '빵이어도 충분하잖아'라는 발견이 어느 날 있었습니다. 밥을 하지 않아도, 반찬을 하지 않아도, 국을 끓이지 않아도 충분한 한 끼.

빵을 만나며 아침을 시작하다 보니, 자기 전에는 '내일 씹고 싶은 빵'을 떠올립니다. 이 빵은 앞서 말한 '요즘 자주 먹는 빵'이 됩니다. 식사 빵의 매력은 한 번으로 부족해서요. 좋아하는 걸 한 번 더 하고 본 걸 또 봐야 웃는 성격이라 그런지도 모르지만, 식사 빵은 세 번 정도 더 먹어줘야 만족스럽습니다.

'어제 먹었던 빵 맛있었지. 근데 어떻게 맛있었더라? 한 번 더 겪자.'

식사 빵에 대한 찬사는 이렇게나 구구절절하지만 식사 빵 자체는 거창하지 않습니다. 싱거울 만큼 별다른 맛이 없어서 곁들여 먹을 것을 얼마든지 더할 수 있는 빵입니다. 장보기의 목록은 아침에 빵과 같이 먹고 싶은 재료들이 주를 이룹니다. 커피 원두, 샐러드 채소, 구울 채소, 잼과 샐러드 소스, 계란과 치즈와 가염 버터. 아침을 위한 재료만으로도 냉장고는 꽉 찹니다.

베이글, 캉파뉴, 바게트, 식빵, 크루아상, 모닝빵, 통밀빵, 치아바타 등. 씹을수록 알고 싶은 빵들이 이렇게나 많습니다. 씹고 또 씹어야만 진가를 알게 되는 빵. 기꺼이 식사가 되어주고, 멍한 아침을 만들어주는 빵.

하루를 여는 재료로 빵과 커피를 택한 어른은 일단 빵을 좋아하는 일로 하루를 시작합니다.

겨울의 단어

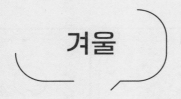

겨울

겨울밤은 유독 두근두근

첫인사

겨울은 손에서 시작해 손에서 계속 머물러

하얀 선물

봄, 여름, 가을, 겨울
모두 좋지만

겨울밤은 유독 두근두근.

집에 오는 길에

나에게 선물할
선택지가 너무 많으니까.

다녀왔어.

하얀 봉투다!
뭐가 들어
있을까?

겨울의 하얀 봉투는 모두를 설레게 해

겨울의 형용사

여름에 시원함이 있다면 겨울에는 따뜻함이 있지

수족냉증이 있는 사람에게 겨울은 그다지 반갑지 않습니다. 그렇다고 마냥 싫지는 않습니다. 추운 만큼 따뜻한 기운을 누릴 수 있으니까요. 옆 사람을 차가운 손으로 툭 건드리면 화들짝 놀랍니다. 동그란 눈으로 "설마 손이야?" 하는 말에 "겨울에 나 이렇게 살아" 하며 손을 내밉니다. 겨울에만 할 수 있는 이 장난은 정말 가까운 사람에게만 할 수 있습니다.

겨울을 누리는 가장 좋은 방법으로 노래가 있습니다. 겨울은 노래를 듣기 좋은 계절이라고 멋대로 정했습니다. 혼자 걷거나 버스를 타고 이동할 때면 추운 계절을 이용해 노래를 감상하고 있다는 걸 실감합니다. 아는 곡도 더 진하게 다가옵니다. 지난겨울에는 '겨울'이라는 이름으로 음악 플레이리스트를 만들었습니다. 겨울이 시작되기 전부터 겨울을 기다리는 마음으로 겨울이라고 느껴지는 곡을 하나하나 모으며 겨울을 맞았습니다. 겨울일지도 모를 곡 하나를 아주 신중하게 들으며 플레이리스트에 추가하고 겨울이라는 계절을 계속 확인합니다. 참 이게 뭐라고 이렇게까지 열심히 귀를 기울이는 걸까요? 감상보다 내가 정한 분위기에 어울리는지 평가합니다. '좀 더 겨울이면 좋겠는데요' 하며 턱을 괴고 이상한 심사 평을 하죠. 곡을 만든 사람이 들으면 어쩐지 어이없어할 것 같아요.

곡이 모일 때마다 1번 트랙부터 차근차근 들어봅니다. 겨울이라는 단어가 들어간 곡이더라도 이 플레이리스트에 넣을 수 있는 겨울인지 귀 기울이는 거죠. 겨울맞이 플레이리스트를 만들고 나니 마음이 전보다 건강해졌습니다. 가만히 앉아 듣기만 해도 계절의 멜로디는 지친 마음을 충분히 위로해주니까요.

겨울 플레이리스트를 모으는 일에 정해진 마감이 없지만 계절과 관련되어 있기에 기한이 절로 생깁니다. '이왕이면 크리스마스 전이면 좋겠는데' '기왕이면 내년 1월에도 들었으면 좋겠는데' 하며 모든 겨울을 담은 플레이리스트가 완성

되었습니다.

　내가 꾸민 겨울. 좋아하는 겨울 분위기의 노래를 들으며 한 계절을 무사히 보내고 새로운 계절을 맞습니다. 겨울 플레이리스트를 틀면 창가 사이로 새어 들어오는 찬 기운 덕분에 방 안의 분위기는 오히려 따뜻해집니다. 창밖의 눈을 보면서 포근하다고 생각하는 실내의 마음처럼요.

　한 계절을 어떤 노래에 맡기는 일. 줄곧 듣는 일에 모든 걸 맡긴 채 음악가에게 신세를 지며 살고 있습니다. 그렇게 마주한 곡들로 꽉 채워지면 겨울을 싫어할 수 없습니다.

　방이 따뜻해졌습니다. 손은 여전히 시립니다. 키키를 만지기 전에는 따뜻한 차가 든 잔으로 손을 데웁니다. 키키와 아무리 가까운 사이여도, 찬 손으로 놀래줄 수는 없으니까요.

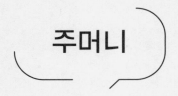

주머니

비밀 선물을 품고 있어

비밀

주머니는 1년 내내 힌트도 없이 비밀 선물을 품고 있어

주머니 장갑

겨울이 되면

진아는 주머니에 손을 꼬옥 넣습니다.

나에게 겨울은

주머니가 생기는 계절.

따뜻하지?

응.

기분이 무척 따뜻해.

나도.

따뜻한 주머니에 함께 쏙 들어가 있는 기분

아주 큰 주머니

따뜻한 주머니는 어쩌면 우리 집이에요.

날씨가 조금만 추워지면

필요한 것들을 한가득 준비해놓고 나갈 생각을 안 하거든요.

겨울은 필요한 게 유독 많은 계절이죠.

겨울의 주머니 안에서는 시간이 느리게 갑니다

담긴 것을 고요히 간직하고 있는, 어둡지만 다정한 부분. 이런 면이 있는 주머니는 쁘띠 타임머신 캡슐이 되어줍니다. 유독 큰 주머니를 갖고 있는 겨울 외투가 그렇죠. 접힌 천 원짜리 지폐, 동전은 물론 끈이나 머리핀, 흐려진 영수증, 휴지, 지난 계절에 샀던 손수건도 만납니다.

고등학생 때는 큰 주머니가 달린 외투에 책과 시디플레이어를 넣고 다녔습니다. 당시에는 아침마다 오늘 들을 노래를 골랐습니다. 노래를 바꿀 때마다 가방에서 시디를 꺼내는 게 귀찮아도 주머니에 시디플레이어를 넣어 다니는 걸 꽤 즐겼습니다. 아무래도 외투의 중심이 기울어지므로 균형을 맞추기 위해 반대쪽에는 책 한 권을 넣고 만족해하며 걸어 다녔습니다.

요즘 좋아하는 주머니는 외출할 때 책을 담는 주머니입니다. 가방 안에 책을 그대로 넣어 여기저기 더러워지는 걸 막기 위해서죠. 무엇이든 제가 만지거나 가지고 다니면 손때가 묻고 금방 더러워지더라고요.

좋아하는 다른 주머니는 작업실에 둔 키키 간식 주머니입니다. 키키가 발을 씻으면 좋아하는 간식 하나를 꼭 주는데, 키키도 그걸 알고 있어서 씻고 나면 주머니 앞으로 뛰어가 기다립니다.

주머니 한 번, 내 눈 한 번.

또 주머니 한 번, 내 눈 한 번.

이 속도가 점점 빨라지면서 다리를 움직입니다. 주머니 안에 좋아하는 것이 들어 있다는 걸 안다는 게 너무 귀엽지 않나요. 먹고 나서도 주머니 한 번 내 눈 한 번 쳐다봅니다. "방금 먹었잖아" 하고 말하면 마치 "흥, 알고 있네" 하듯이 바닥에 대고 입을 닦는 키키입니다.

싫어하는 주머니도 있습니다. 가끔 어떤 옷에는 쓰임이 없는 주머니가 박음질된 채로 달려 있습니다. 옷에는 무언가를 기분 좋게 담을 수 있는 주머니를 달아주세요.

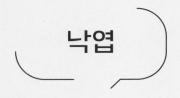

낙엽

찰싹 붙어 있을래

낙엽의 생각

낙엽은 어떨까? 낙엽의 생각을 알고 싶다

다른 이름

우리 각자의 낙엽 상태에도 이름을 붙여주자

단풍 색

만약 진아가 나무라면, 이 계절을 맞이했을 때 어떤 색으로 단풍이 들고 싶어? 단풍 색도 참 여러 가지잖아.

단풍 색이면 역시 빨강. 이 잎이 이런 색도 낼 수 있다고? 하고 감탄해 줬으면 좋겠어.

나는 자신의 색을 그저 놓아버리는 단풍 색이 좋아. 여름 내내 푸르던 색에서 많은 걸 체념한 듯한 색.

우리가 낙엽일 때에도 떨어진 곳에서 만나면 좋겠다.

단풍 색이 참 멋지군요?

어제 색을 놓쳤거든요.

어디서든 어떤 모습이든 지금처럼 우리 모습을 칭찬하고 있지 않을까?

지난해에 읽었던 책 속에서 낙엽을 종종 발견합니다. 낙엽과 같이 넣어둔 당시의 마음을 보고 있으면 왠지 낮아지는 기분입니다. 동네를 거닐며 쉽게 만나는 낙엽 중 몇 개를 들고 와 책에 넣었을 그 마음을 돌이켜보면서 이 낙엽이 썩 마음에 들었구나 합니다. 가끔 그 낙엽이 그냥 너무 낙엽일 때면 웃음이 나기도 하죠. 낙엽은 책 속에서 나머지 것들을 마저 잃었을 것입니다. 더욱 바삭해진 낙엽을 조심히 꺼내 얼굴 가까이에서 바라보고 다시 책 속에 넣습니다. 내가 나에게 준 선물이 약간 난처한 이 상황은, 책을 덮으면 또 금방 잊히겠죠.

낙엽이 나를 지나가는 순간들을 떠올립니다. 땅에 쌓인 낙엽들 앞에 쭈그리고 앉아 좋아하는 모양과 색감을 따지고, 좋아하는 책 속에 나 몰래 넣어두고, 또 시간이 지나 그것을 우연히 발견하기. 이 과정만 보면, 어린 시절과 지금이 그다지 멀지 않게 느껴져요. 그저 같은 때가 지나가고 있다는 생각이 들지 않나요. 나이가 든다는 건 같은 순간들이 쌓이는 걸 추억할 줄 아는 것이고, 삶의 면면을 보면 그때와 지금이 같은 지점에 놓여 있는 것만 같습니다. 낙엽을 고르고 간직하는 마음은 어린 마음도, 그렇다고 다 산 사람의 마음도 아닌, 그저 지구에서 사는 사람이 고른 마음일 것입니다.

　나이가 들더라도 낙엽 앞에 쪼그리고 앉겠죠. 그 뒷모습은 어린 임진아와 그다지 다르지 않을 거예요. 지금을 사는 저의 겨울에는, 키키가 함께 쪼그리고 앉아 있습니다. 같은 낙엽 냄새를 맡으면서요.

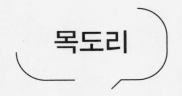

목도리

기운 내라는 말처럼 들려

목도리 노래

노래 부르는 거 티 나지만 네가 행복하다면야

목도리 챙겨

이렇게 목도리 하나가 더 생기겠군

토닥토닥

다음 날

다녀올게.

조심히 잘 다녀와.

목도리 챙겨야지. 또 깜빡했지.

내가 예쁘게 해줄게.

누가 목도리 둘러주면 왠지 뭉클해.

왜?

기운 내라는 말처럼 들려.

목도리를 두를 때는 토닥토닥의 과정이 있어서 그런가 봐

"이걸 가지고 나가야 마음이 놓여."

모두에게 이런 물건 하나씩 있지 않나요. 여름에는 손수건이 그렇고, 겨울에는 목도리가 그렇습니다. 마음이 놓인다고 느끼는 건, 그것이 부재했을 때에 불안했던 적이 있기 때문이죠. 이상하게 손수건은 꼭 필요할 때에 없고, 목도리도 너무 추운 날에는 꼭 깜빡합니다. 그래서 그냥 하나 더 살까? 생각할 때가 많죠.

목도리는 목을 위한 이불 같습니다. 얼굴 가까이 덮어야 이제 좀 따뜻하다 싶거든요. 얼굴에 열은 많은데 목이 추위를 타는 체질이라, 목도리를 하면 따뜻하고도 후끈합니다. 겨울의 포근한 온도는 이렇게 다양하게 몸에 머뭅니다.

목도리는 추위를 막기 위해 두르는 물건이지만 겨울을 가장 실감하게 만드는 물건이기도 합니다. 겨울 풍경을 그릴 때 목도리를 둘러주기만 하면 단번에 겨울이 됩니다.

만화 속에서 키키는 저에게 목도리를 둘러줍니다. 현실에서는 제가 가끔 키키에게 목도리를 둘러줍니다. 추운 겨울에 키키를 안고 병원에 갈 때에요. 키키도 목도리를 해야 조금 더 따뜻하지 않을까 하고요. 키키도 느낄까요? 귀찮아하지 않은 걸 보면 싫지 않았나 봐요.

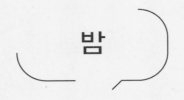

밤

매일 찾아오는 밤은
나를 위해 쓰는 시간

내일이 오기 전

남은 오늘을 생각하고, 내일로 걸어가자

내버려둘래

이 세상은 반드시 밝아지지.

그리고 반드시 어두워지기 마련.

하지만 어두운 밤에야 비로소 생겨나는 마음이 있어.

밤의 힘을 빌려서 나를 부끄러워하지 않고

생각하고 싶은 대로 생각하게 되거든.

밤에는 나를 내버려두고 싶어

나랑 있는 시간

밤은 나랑 있는 시간

아침만큼 기다리는 게 밤입니다.

밤에는 꺼도 되는 것들에 잠시 눈을 거두고, 집중하고 싶은 몇 가지만을 생각하고 싶습니다. 그래서일까요. 아침에 쓰는 글과 밤에 쓰는 글이 당연히 다르고, 아침에 떠올리는 그림과 밤에 떠올리는 그림 역시 너무나 다릅니다. 저는 어느 쪽도 기꺼이 받아들이며 그 순간의 도움을 받고 싶습니다.

밤이 내미는 손은 그저 잡고 싶어집니다. 왜일까요? 밤에는 잠시 멈춰 선 채로 고여 있게 됩니다. 지나쳐온 기억들이 아주 느린 속도로 쫓아오다가 나를 발견하곤 놀라는 것만 같습니다. '앗, 겨우 요만큼 왔구나' 하며 기억이 고개를 내밉니다. 이제는 가끔 찾아오는 이런 밤이 더 이상 우울하지 않아요. 지난 기억을 만나도 너무 슬퍼하거나 우울에 빠지지 않고, 마냥 회상하지도 않으며, 그저 딱 그 감정을 양념으로 사용할 줄 아는 어른이 되었습니다. 아주 가끔은 기억보다 늦게 일어날 뿐입니다.

밤이 되면 우리 집에는 세 가지 그림이 생겨납니다. 저는 거실의 다이닝 테이블에서 오늘 혼자 보고 싶었던 영상을 보거나 노래를 듣고, 키키는 침실의 이불 속에서 못 채운 잠과 휴식을 취하고, 동거인은 부엌의 식탁에 앉아 책을 읽거나 오늘 미처 처리하지 못한 일을 합니다. 넓지 않은 집이지만 밤만 되면 어딘가가 확장되고 나뉩니다. 모두의 문은 열려 있지만, 밤에만 존재하는 각자의 우주에 있는 기분입니다. 저는 이 시간에 놓일 때 우리가 건강하다는 걸 느낍니다.

오늘, 나를 잃어버릴 뻔한 일을 겪었나요. 밤에는 내가 아는 나를 만나는 기회가 주어집니다. 나를 내버려둔 채 그저 나와 단둘이 고요히 있다 보면 여럿의 나를 만납니다. 거기서 가장 만나고 싶은 나를 만나 다시 출발한다면, 내일 아침에는 오늘보다 조금 더 자연스럽게 웃을 수 있을지도요.

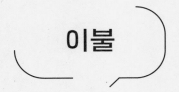

이불

푹신푹신해서 너무 좋아

낮잠 이불

이불은 이 세상에서 제일 좁은 내 방이야

손수건 이불

손수건은 여름에도 겨울에도 꼭 챙겨야 해

겨울 이불

눈이 따뜻하다면 아마 이런 느낌이겠지?

겨울의 시작은 두꺼운 이불의 등장입니다. 여름에도 얇지 않은 이불을 덮고 자는 저는 가을이 되면 어느 정도 두툼한 이불을 꺼냅니다. 겨울은 우습게 보면 안 됩니다. 얇지 않다거나 어느 정도 두툼하다거나 하는 애매한 두께는 겨울밤을 온전하게 내버려두지 않으니까요. 이불 밖으로 발이 조금이라도 나가면 시려서 잠이 안 오고, 이불을 목까지 덮지 않으면 찬 바람이 가슴팍을 파고듭니다. 가을에 덮던 이불로 더 이상 안 되겠다 싶을 때, 장롱 속에서 두껍고 푹신한 이불을 꺼냅니다. 계절에 짜증을 내는 몇 없는 순간입니다.

거실에는 단정히 개어 놓은 이불이 있습니다. 집에서 키키가 가장 좋아하는 장소입니다. 키키는 이 이불을 자신의 진짜 방이나 아지트라고 생각하는 것 같아요. 두 번 접혀 있는 이불 틈으로 고개를 툭툭 치고 들어가면 키키의 낮잠 공간이 됩니다. 답답하다 싶으면 이불 위로 올라가 소파나 베개처럼 사용합니다. 맞아, 키키도 키키만의 생활이 이곳에 있지

하면서 언제든 키키가 이불 속으로 경쾌하게 들어갈 수 있도록 정리해둡니다. 잘 안 들어가지면, 얼굴만 걸친 채로 약간 고장이 나는 키키거든요. 그 모습이 너무 귀여워 마냥 보고 싶지만, 이도 저도 못 하고 있을 키키 마음을 생각하면 그럴 수 없습니다. 이불 속으로 잘 들어가도록 도와주면 "이게 맞지" 하며 능숙하게 쑥 들어갑니다. 키키 혼자서도 잘하지만, 가끔 이렇게 저를 사용해주면 좋겠습니다.

밤에 우리는 한 이불 속에서 잡니다. 개와 사는 사람은 분명 알 테지요. 내가 눕기 전에 키키가 먼저 자리를 잡으면 춥게 자야 한다는 것을. 여기 내 자리야! 하고 키키를 건드렸다간 침대 밑으로 쑥 내려갈까 봐 조심조심 그 곁에 눕습니다. 사이좋게 나눈, 키키에게 더 편한 우리의 이부자리. 겨울에는 키키와 이불 속에서 쉬는 시간이 늘어갑니다.

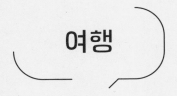

여행

여기부터 행복해져라

매일이 여행

언제부턴가 매일이
여행처럼 느껴졌는데

그게 언제인가 생각해보니

우리가 함께 지내는 게 당연해진 때부터.

내일을 기다리면서
매일을 곱씹게 되었으니까.

떠나지 않아도 여행이라면,

뭐 샀어?

우리의 매일을 여행이라고
말할 수 있지 않을까?

책 샀어

'내일은 어떤 하루를 보낼까?' 이 마음부터가 여행의 시작이야

여기부터 행복해져라

여행하는 기분을 만드는 우리들의 주문. "여기부터 행복해져라!"

여행자

집으로 돌아가는 길.

가끔, 매일 보는 풍경이 낯설게 느껴질 때 있잖아.

있지.

지금 내가 여행자라면, 여행으로 이 마을에 처음 온 거라면.

그런 시선으로 지금 이 장소를 바라본다면 어떨까 하는 마음?

응. 어떨 것 같아?

지금쯤 가만히 서서 하늘을 봤으려나.

여기?

한번 서볼래? 사진 찍어줄게.

한참 뒤에 이 사진을 보면 정말 여행 같겠지

몇 해 전 '매일 여행' 달력을 만들었습니다. 날짜와 함께 책을 읽거나 커피를 마시거나 걷거나 공원에 앉아 있는 장면이 그려져 있고, 그 곁에 '매일 여행'이라는 제목이 적혀 있습니다. 여기서 우리는 각자의 여행을 떠올립니다.

매일 여행을 그리워합니다. 떠나지 않아도 여행이라고 부를 수 있지 않을까 하는 마음은, 떠날 수 없더라도 여행을 말하고 싶다는 마음이기도 합니다. 떠날 수 없게 되었더니 지난 여행들을 다시금 천천히 바라보는 마음이 생겼습니다. 추억할 것이 있다는 건 의외로 괜찮은 삶이더라고요. 추억하고 있으려니 혼자서도 즐거워졌고, 친구를 만나서도 할 말이 많아졌습니다. 여행을 추억하는 일은 그 자체로도 '여행'스럽습니다.

여행은 매일과 닮았습니다. 천천히 걷고 마음이 끌리는 곳에 들어갑니다. 여행 중에는 그 모든 것을 다양한 감정으로 들여다봅니다. 길에서 즐겁게 헤매기도 하고, 아는 맛에 감동받기도 하면서요. 여행이란 어쩌면 나의 평소를 꾸며주고 싶은 마음으로 시작되는지도 모릅니다. 그렇다면 떠나지 않더라도 정말 여행이 될 수 있지 않을까요.

　매일 산책 코스를 조금씩 바꿉니다. 나의 마을도 나처럼 가만히 있지 않습니다. 오랜만에 들어간 골목에는 딱 오늘만큼의 계절이 들어차 있습니다. 매일 바라보기로 작정한 곳에서 계절에 따라 어떤 빛깔로 변해가는지 알아가는 건 꽤 감동스럽습니다. 모른다면 얼마든지 모를 수 있는 것들을 알기로 작정한다는 건, 의외로 즐거운 일입니다. 가까운 곳을 여행하듯이 바라보다 보면, 일단 여기부터 행복해지지 않을까요. 같은 동네에 살면서 매일 다른 점과 새로운 부분을 발견해내는 일은 희망을 향해 있습니다.

　요즘 우리의 여행지는 집에서부터 출발합니다. "여행 같다!"라는 표현도 여행의 한순간이 아닐까요.

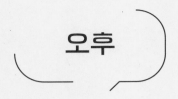

애매해서 좋은 것 같아

평온한 오후

오후의 끝은 그렇게 보내도 돼

오후와 오전

오전과 오후 둘 다 어둠과 밝음이 존재하는 시간이라는 건 같아

오후 4시

겨울 오후만이 선사하는 빛이 분명히 있어

겨울에는 오후를 유심히 바라봅니다. 오후에 내리는 빛은 겨울의 표정을 제자리에 가져다 놓습니다. 이렇다 할 걱정도, 뛸 정도로 좋은 마음도 그저 잔잔해지는 날이 있습니다. 오후 4시는 그런 순간을 닮았습니다.

겨울이 되면 오후 4시에 자주 영상을 찍습니다. SNS에도 오후 4시의 순간을 자주 올리죠. 지금이 몇 시인지를 함께 적어두면서 겨울의 이 시간을 기록합니다.

"오후 4시를 좋아합니다"라는 말과 함께, 노란 해가 방을 낮게 채운 사진을 올렸더니 몇몇 분이 "저도요" 하고 짧은 인사말을 남겼습니다. 긴긴 겨우내 오후 4시만큼은 고요히 앉아서 시간을 보냈을 사람들이겠죠. 대략 비슷하고 완전히 다른 분위기일지도 모르지만, 어떤 날에 "좋다" 하고 느꼈을 그 마음을 알고 있다고 인사를 건네는 듯했습니다.

누군가가 저에게 꿈이 뭐냐고 물었을 때 "해가 지는 시간이라는 걸 부엌에서 가장 먼저 알게 되는 집에서 사는 것"이라고 답했습니다. 거기에 계절까지 설정해두자면 당연히 겨울입니다. 겨울 오후만이 내려주는 노란 끝자락의 볕은 해가 질 예정이라는 걸 가장 잘 알려주니까요.

　언젠가 꿈을 이룬다면 오후 4시에는 대부분 식탁에 앉아 있지 않을까요. 그때에도 키키가 곁에서 함께 볕을 바라봐줬으면, 내 꿈이 키키에게도 비쳤으면 합니다.

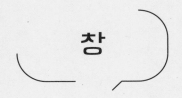

창

이쪽 풍경도 매일 알고 싶어

날씨와 기분

내 공간에서
가장 편한
자세로

밖을 내다볼 수
있다는 게
얼마나 좋은지.

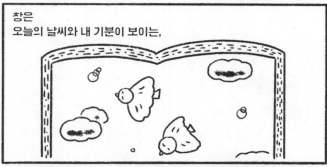

창은
오늘의 날씨와 내 기분이 보이는,

매일 그림이 바뀌는 액자야.

되도록이면 자주 창밖에 눈을 둬야 해

이쪽 풍경

창문은 오늘의 세상이 방문하는 문이니까

창가의 키키

창가는 좋아하는 것들을 올려두는 하나의 선반이 되기도 하지

키키와 처음 살았던 옥상 집은 방에 큰 창이 있어서 하늘이 늘 가까웠습니다. 그래서 만화에도 창은 늘 가까이에 크게 그려져 있습니다. 웬만해선 심심해하거나 외로워하지 않는 성격이라 그럴지도 모르지만, 키키와 단둘이 우리의 창을 바라보고 있기만 해도 하루가 금방 지나갑니다. 새도 자주 방문해 맞은편 집에서 놀다 가기도 합니다. 바깥 풍경은 서둘러 다음 장면으로 바뀝니다. 잠깐 냉장고에 다녀오는 사이, 조금 전의 분위기는 완전히 사라져 있기도 해요.

키키는 창을 가만히 바라봅니다. 냄새를 느끼고, 지나가는 사람을 유심히 보고, 하늘을 올려다보면서 눈을 감습니다. 언젠가부터 나의 창가에, 창가의 키키라는 이름이 붙었습니다.

창이란 공기나 햇빛을 받을 수 있고, 밖을 내다볼 수 있도록 벽이나 지붕에 낸 문을 의미합니다. 공기나 햇빛을 받을 수 있다는 부분이 좋지 않나요. 우리는 창 덕분에 집 안에서도 공기와 햇빛을 받을 수 있습니다. 산책하다가 우리 집에 가까워질 즈음 문득 올려다보면, 뚫리지 않은 벽에 쨍한 햇볕이 도착해 있는 장면을 발견합니다. 자신의 창문을 고를 수 있는 삶이란 얼마나 드문지 생각하게 됩니다. 두 면이 만나도록 모퉁이에 ㄱ자로 창이 나 있으면 얼마나 좋을까. 그 작은 차이로도 하루가 완전히 달라질 수 있을 텐데. 아쉬워하는 마음은 구체적인 모양으로 남습니다.

하지만 우리 집의 창에서만 볼 수 있는 게 있고, 우연히 만날 수 있는 풍경이 있습니다. 때에 맞춰 볕이 내리고 공기가 통합니다. 집에서의 생활이 따분하지 않은 건 창문 덕이 크지 않을까요.

창을 바라볼 때는 언제나 시끌벅적한 우리 집.

그럴 수 있는 집에서 우리끼리만 아는 풍경 앞에서 조용하고 시끄럽게 고여 있습니다.

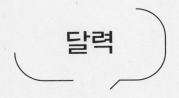

달력

이제 한 장 남았네

마음에 드는 한 해

사는 건 한 해인데, 대체 몇 개의 달력을 사는 거니

연력

좋았던 기억을 다시 보기 위해 달력을 쓰기도 하지

한 장 남았네

그럼에도 좋았던 날이 더 많았다고 느끼고 싶어

딱 하나의 달력을 쓰기란 얼마나 힘든지 모릅니다. 새로운 해를 맞이할 때마다 저는 작년보다 더 많은 달력을 준비해둡니다. 어째서일까요. 새해가 되면 어떻게든 괜찮아질 거라는 믿음이 점점 흐려져서 달력 여러 개에 의존하게 됩니다. 이렇게도 살고 싶고, 또 이런 식으로도 보이고 싶고, 또 이렇게 깔끔하고 싶다는 마음을 담아 새 달력들을 향해 계속해서 손을 뻗습니다.

기능도 디자인도 그림도 제각각인 달력들을 쓰다 보면 어떤 달력이 좋은지 알게 됩니다. 제일 좋은 달력이란 역시, 달이 지나더라도 넘기고 싶지 않은 달력입니다. 이렇게 말하고 나면 누군가가 다가와 팔짱을 끼고 따질 것만 같습니다.

"저기요? 달력이라는 건 오늘이 며칠인지를 알고, 이번 달에는 어떤 일이 있을지 미리 확인하고, 지켜야 하는 약속을 기록해서 잊지 말아야 하는, 종이로 된 문구인걸요. 그런데 왜 넘기지 않아야 좋은 달력이죠?"

그렇다면 달력에게는 죄송하지만, 제가 달력을 쓰는 이유를 말해볼게요. 오늘이 며칠인지 들여다보기 위해서가 아니라, 오늘 바라볼 창 하나가 더 필요해서 구비해둡니다. 마음이 가는 장면과 오늘을 나타내는 숫자가 함께 있으면 더욱이 안심하게 되니까요. 요즘 사는 게 그저 그렇더라도, 내가 고른 달력을 보면 그저 그렇지만은 않으니까. 어떤 달력에는 오늘과 함께 이제 막 핀 듯한 꽃 한 송이가 그려져 있으니까. 넘기고 싶지 않은 달력이라는 건 그만큼 마음에 드는 한 장의 하루라는 뜻입니다.

달력은 벽에도, 책상에도, 책장에도, 부엌에도, 그리고 다이어리에도 있습니다. 나의 공간 여기저기에 티코스터를 둔 것처럼 달력도 여기저기에 두어야 합니다. 여럿의 시작이 동시에 이루어지도록요. 그러다 머지않아 몇 달 뒤에 알게 되겠죠. 이번 해도 작년과 그다지 달라지지 않았다는 걸, 무리하지 않겠다고 했는데 결국 무리해버렸다는 것을요. 새해는 곧장 지금이 됩니다.

　하지만 어느 날 미처 정리하지 못한 지난 달력을 마주하고
는 마음이 환해지기도 합니다. 그렇게 약 7년 가까이 그대로
붙여둔 달력이 하나 있습니다. 달력이 아닌, 그저 내 일상에
필요한 그림으로요. 숫자가 아닌 기분에 맞춰 그 6컷의 풍경
을 넘기다 보니 종이의 모든 면이 골고루 누렇게 변했습니다.
어떤 달력은 바로바로 넘겨도, 어떤 달력은 이렇게 언제까지
나 남아 있습니다.

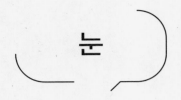

눈

눈 오는 날의 산책은
정말 끝내주지

첫눈

눈 오는 날의 산책은 정말 끝내주지

눈밭 위에서

눈이 오는 날에는 마치 스노볼 속 주인공이 된 것 같아

하얀 마무리

그래서 눈 내리는 걸 보면 차분해지나 봐

요리의 마무리는 깨 뿌리기이고, 카페 디저트의 마무리는 슈거 파우더 뿌리기입니다. 그리고 한 해의 마무리는 머리 위에 떨어지는 눈이죠.

처음 카페에서 일할 때, 커피를 만드는 일보다 긴장했던 게 바로 슈거 파우더 뿌리기였습니다. 브라우니 주문이 들어오면 브라우니를 꺼내 오븐에 몇 분 돌린 뒤 슈거 파우더를 체에 내려 뿌리는 시범을 보았죠. 마지막에는 민트 잎을 하나 올립니다. 겨울과 여름이 함께 놓인 브라우니. 잘 차려진 디저트를 먹기만 했지, 이렇게 조심스럽게 만들어야 한다니 겁이 났습니다. 의외로 덜렁대는 성격이니까요. 예상대로 꽤 섬세한 일이었습니다. 너무 세게 뿌리면 브라우니의 한 부분에 슈거 파우더가 뭉치고, 너무 약하게 뿌리면 안 하는 것만 못 합니다. 무엇보다 슈거 파우더를 내리는 시간이 오래 걸리면 안 되는 게 카페 조리대의 분위기입니다. 하지만 점점 그 시간이 좋아졌습니다. 경쾌한 동작으로 마음에 들게 뿌릴 줄 알게 되자 슈거 파우더를 내리는 장면에 눈을 두게 되었습니다. 슈거 파우더로 마무리하는 메뉴가 주문 들어올 때마다, 천천히 내리는 눈을 만납니다. 마무리는 역시 이렇게 뿌려야 한다고 생각하면서요.

한 해의 마무리도 눈만으로 정리되면 얼마나 좋을까요. 투박하고 납작한 브라우니가 눈과 잎을 만나 먹음직스러운 한 그릇으로 완성되듯이요. 특별하지 않은 나날도 그렇게 될 수 있을까요. 내 하루들은 브라우니처럼 달달하지도 않고, 투박하기는커녕 무슨 모양인지도 모르겠지만요. 하지만 눈앞에서 무언가가 뿌려져 온 세상이 하얘지는 순간, 그 순간만큼은 오늘이라는 한 그릇을 몰래 저장해두고 싶습니다. 이렇게 다 가려질 수도 있는 오늘을 언젠가 꺼내보고 싶어질 테니까요.

지난겨울 눈이 펑펑 내린 날, 키키와 아주 짧고 강렬한 산책을 했습니다. 키키는 눈이 온다고 더 신나 하지도 않고, 그렇다고 너무 싫어하지도 않습니다. 그저 눈이 더해진 날일 뿐인 것처럼 덤덤히 눈 위를 지나갑니다. 오히려 신난 건 그 곁의 인간들이었습니다. 눈길 위를 너무 오래 산책하면 위험하기에 금방 귀가해 따뜻한 실내에서 쌓인 눈을 바라봤습니다.

며칠 뒤 눈이 꽤 녹은 어느 날, 실은 키키가 눈을 좋아한다는 걸 알게 되었습니다. 군데군데 눈이 녹아 없어지려는 곳들을 빠짐없이 들르는 키키였기 때문입니다. 저에게는 슈거 파우더만 남고 다 먹어버린 브라우니 그릇 같은데, 어쩌면 이 정도의 눈이 키키가 좋아하기에 딱 적당한 눈인지도 모릅니다.

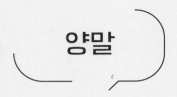

양말

따로 있어도
한 켤레의 양말인 건 그대로야.

두 켤레

외출 준비 중

또 양말을 두 켤레나 신니?

물론이지. 이렇게 해도 발 시려워.

같이 가.

양말을 많이 신어서 그런가? 키가 커 보여.

오늘 꽤 춥다. 양말 두 켤레 신길 잘했네.

그치? 여름 양말은 땀을 막아주잖아. 겨울 양말은 추위를 막아줘.

두 겹의 양말은 추운 겨울을 씩씩하게 보내려는 마음

두꺼운 기분

겨울 양말은 오늘의 기분 모양이 되기도 하지

둘이 하나

진아와 방에 가만히 있다 보면

마치 한 쌍의 양말 같다는 생각이 들어.

두 짝이 만나야 하나가 되지만,

어느 날 한 짝만 남더라도

늘 다른 한 짝을 생각하면서

언제까지나 한 쌍의 양말처럼 있을 테니까.

따로 있어도 한 켤레의 양말인 건 그대로야

두 짝이 한 쌍으로 우리 곁에 있는 물건. 한 짝이 사라지거나, 한 짝이 늦게 발견되거나, 한 짝이 나중에 세탁되기도 합니다. 벗을 때는 늘 한 동작이었는데 따로따로 발견될 때면, 둘이서 가끔 장난치는 건 아닌가 싶어지죠.

양말을 신을 때면 어김없이 키키의 장난이 시작됩니다. 한 발을 들어 양말을 신으려고 하면 키키가 달려들며 양말을 물어뜯습니다. 발이 정말로 아프지만, 아파하면서도 파하하 웃게 됩니다. 이렇게 신나게 노는 걸 보면, 영원히 양말만 신으면서 살고 싶을 정도니까요. 기어이 뺏어간 양말을 앞발로 잡고 물어뜯는 키키를 보면, 웃다가도 자꾸 웃음이 끝나려고 합니다. 양말 한 짝은 한 쪽 발에, 다른 양말 한 짝은 키키의 입에 있는 이 시간이 너무 좋아서 울고 싶어집니다.

언젠가 키키가 더는 제 곁에 없을 때가 별안간 떠오릅니다. 행복의 순간이 찾아오걸랑 행복을 놓칠까 봐 마음이 흔들립니다. 행복은 다행스러운 복입니다. 지금 웃을 수 있다는 것에 안심하고, 키키를 바라보며 힘껏 웃어 보이는 것으로 충분하겠지요.

아주아주 나중에, 한 짝만 남은 양말을 보면 키키가 떠오를 것입니다. 키키가 가져갔다고 생각하면 영원히 발견되지 않기를 바랄 테죠. 그리고 남은 양말 한 짝을 조물락거리면서 키키가 알려줬던 미소를 지어 보일 수 있지 않을까요.

연재할 때 마지막 단어로 '양말'을 골랐습니다. 키키가 제 곁에 없을 때에도 키키를 생각하며 산책할 테니 우리의 산책에는 마지막이랄 게 없겠지만, 키키와 함께 산책하듯이 쓴 이 이야기의 연재에는 마지막이 있었습니다.

책 속에서는 '양말'이 마지막 단어가 아니어서 좋아요. 지금 우리라는 양말 한 쌍은 우리가 안전하게 지낼 수 있는 작은 집에, 그리고 이 책 속에 무사히 포개져 있습니다.

봄의 단어

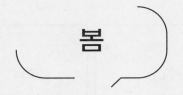

봄

키키야, 빨리 와봐

온다

어떤 표정을 하고 있었을까? 내년에는 겨울 씨를 배웅하고 싶어

핀다

라일락 나무의 잎 모양도 자세히 봐줘, 정말 사랑스러워 ♡ ♡

첫째 철

나는 일요일로 끝나는 달력이 좋더라. 새벽으로 끝나는 하루처럼.

일요일로 시작하는 달력은 숨찬 기분이 들어.

...

그런 의미에서, 봄으로 끝나는 달력은 어떨까? 사계절 가운데 첫째 철이 아니라 마지막 넷째 철로 봄을 생각해보는 거야.

가끔은 제일 마지막을 느긋하고 따뜻하게 끝내고 싶어.

바쁠 때면 꼭 이상한 생각만 떠올리는 진아네요

달력과 다이어리는 반드시 월요일부터 시작해야 합니다. 맛있는 걸 꼭 마지막에 먹는 저는 다디단 빨간 요일을 제일 끝에 둡니다. 수박을 먹을 때 빨갛고 뾰족한 조각을 끝까지 남겨두었다 마지막 한입에 쏙 넣어 먹는 것처럼요. 한 주가 여유(일요일)로 시작해서 여유(토요일)로 끝나면 좋다는 사람도 있지만, 저에게 가장 좋은 여유란 여유와 여유가 곱해진 여유입니다. 그런 여유가 기다리고 있는 한 주는 힘이 납니다. 프리랜서인 저도 모두가 쉬는 날에 편히 쉬니까요.

일요일로 시작하는 달력만 쓰는 사람을 보고 조금 놀란 적이 있어요. 누군가의 시작은 나의 끝이 되기도 합니다. 나의 시작이 누군가의 끝이라는 걸 상상하면서, 주어진 하루를 얼마나 다른 분위기로 사는지 알게 되죠.

봄은 어떤가요. 대개 봄은 시작하기 좋은 계절이죠. 하지만 겨울에 본격적인 일을 시작하는 이에게 봄은 '쉬기 좋은' 계절일지도 모르고, 여름을 기다리는 이에게는 '준비하는'

계절일지도 모릅니다. 또 누군가에겐 '그저 그런' 계절일 테고요. 저에게 봄은 시작을 알리는 계절이었습니다. 새해보단 새봄이 한 해의 시작이었습니다. 나무나 흙도 그래 보였어요. 사실 나무도 흙도 나도 이미 겨울부터 혹은 그보다 훨씬 전부터 시작하고 있었을지 모를 일이죠.

어떤 소설을 읽는 도중에 새로운 문을 만났습니다. '이제 시작이구나'를 느낀 거지요. 어떤 소설은 중반부에 이르러서야 진짜 이야기가 시작되기도 합니다. 나라는 사람을 하나의 소설로 본다면 어떨까 궁금합니다. 어느 부분이 봄이고, 시작일까요. 봄의 사전적 의미는 한 해의 네 철 가운데 첫째 철입니다. 그런데 조금 아이러니해요. 봄은 인생의 한창때나 희망찬 앞날, 행운을 비유적으로 이르기도 하니까요. 봄은 어쩌면 첫째 철보다는 가장 희망을 말하고 싶은 철일지도 모릅니다. 토요일과 일요일로 끝나는 달력처럼, 희망으로 끝나는 계절을 맞이하고 싶습니다. 여름, 가을, 겨울 그리고 봄.

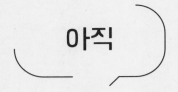

아직

아직인 게 참 많아

아직 오전

아 직 인 가

늘 '아직'으로 시작하는 우리 집.

그래.
아직 오전은 오전이니까…

늦잠 자는 사람은 '벌써?'로 시작할지도?

어떤 오늘인지는 아직

아직 정하지 않았다는 건 오늘은 조금 한가롭다는 뜻이지

아직 곱하기 아직

시작은 늘 늦고

자꾸만 뒤를 돌아보느라
걸음이 더디지만,

일단
가 보자.

키키야,
괜찮을까?

아직인 이야기들이
매일 곱해져서
지금이 되었다는 걸
우리는 알고 있어.

그렇게
만들어진 오늘을
만난다는 것도.

우리가 만나 알게 된 단어는 우리를 닮았어

봄을 떠올리면 '아직'이 따라옵니다. 아직 봄. 어떤 말보다 마음이 가벼워지는 말입니다. 아직은 저에게 고마운 단어이기도 해요. 무언가가 지속되고 있다는 걸 알려주는 말이니까요. 흔한 제 이름을 특별하게 꾸며주는 단어이기도 했습니다. '아직 임진아'는 개인 작업을 할 때 종종 썼던 필명입니다. 지금은 임진아라는 이름 자체에 아직이 들어 있다고 느낍니다.

이 만화는 저와 키키의 이름과 성격을 가져와 새롭게 만든 이야기입니다. 그렇다 보니 '진아'라는 캐릭터 이름이 저에게는 새삼스럽기도 하고 낯설기도 합니다. 만화 속 키키가 불러줄 때마다 더없이 각별하게 느껴지는 건 왜일까요. 저에게 진아라는 이름은 아직도 새로울 수 있나 봅니다. 키키가 부르는 '진아'는 계속 듣고 싶습니다.

키키와의 생활이 이어진 지 꽤 시간이 흘렀습니다. 그건 매일 아침 자고 있는 저의 모습을 누군가 봐주고 있다는 걸 느껴온 시간입니다. 2012년에 처음 만난 키키는 아주 작고

까맸습니다. 아침이면 누구보다도 먼저 일어나 넘쳐나는 체력을 온 집 안에 쏟아부었습니다. 집의 끝과 끝을 쉴 새 없이 달리는 소리에 잠이 깰 정도였죠.

혼자 살기로 결정하고 독립했을 때 키키의 나이는 여섯 살. 키키는 저랑 참 비슷해서 조용한 하루를 좋아합니다. 조용하고 평온한 매일을 키키에게 하루빨리 선사하고 싶었습니다. 그런데 저는 오랫동안 '아직'인 사람이라서, 그 준비가 오래 걸렸던 것 같아요. 드디어 단둘이 살게 된 집에서 "너무 늦어져 미안해"라고 말했어요. 키키는 하루하루를 저와 함께 보내며 느리게 대답했습니다. 이제 우리 둘이 살게 되었다는 걸 알고 있다고요.

어느덧 우리가 당연해진 지금을 살고 있습니다. 종종 아침에 잠을 늘어지게 자는 키키를 볼 때도 있습니다. 앞으로는 "아직인가" 하며 먼저 일어나 바라보는 쪽은 제가 될지도 모르겠어요.

스트레칭

오늘의 근심이
내일로 흘러 넘어가지 않도록

아침 스트레칭

아침에 어울리는 노래를 들으며
하나 둘 하나 둘.

일어나자마자 하는
스트레칭은,

잠자는 동안 풀어놓은
여러 생각들을

꼿꼿하게 세워두는
의식 같아.

철퍼덕!

어이쿠!
좀처럼 정리되지 않는 생각은 꼭 있기 마련이지

낮 스트레칭

설거지가 끝나갈 즈음에는 마음이 가벼워져 있기를

밤 스트레칭

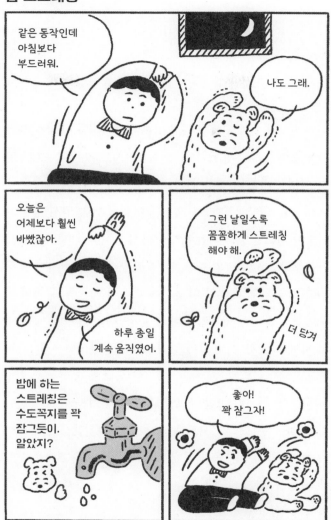

오늘의 근심이 내일로 흘러 넘어가지 않도록!

아침과 밤에 스트레칭을 하면 기준이 생깁니다. 내일 아침과 밤에 당겨보면 알게 됩니다. 내가 나아지고 있는지, 그대로인지, 안타깝게도 더 뻣뻣해졌는지를요.

새해를 맞이해 요가와 헬스를 떠올렸지만, 역시 등록과 외출이 필요한 일은 시작하기 쉽지 않습니다. 하지만 집에서 하는 스트레칭이라면 계속 할 수 있습니다. 지난 시간에 구부린 만큼 당기고 내일 더 유연해지고 싶은 만큼 쭉 펴면서, 주어진 삶을 조금이라도 느리게 걸어가려고 합니다. 일할 때의 자세는 마치 몸을 빨리 망가트리기로 작정한 사람 같거든요.

글을 쓸 때보다 그림을 그릴 때 온몸이 더 둥글게 말립니다. 두 어깨는 조만간 서로 눈인사가 가능할 만큼 구부러져요. 마감 앞에서는 몸을 쉽게 포기하게 됩니다. 그림을 그릴 때의 몸은, 단지 그림을 그리는 도구니까요. 그럴 때는 몸과 약속을 합니다.

"이따가 많이 당겨줄게."

스트레칭의 좋은 점은 무엇보다 딴생각이 들지 않는다는 점입니다. 당겨지는 통증을 더 버티느냐 마느냐만 생각할 뿐이니까요. 덩달아 마음까지 스트레칭하는 시간입니다. 생각을 멈추고 가만히 있는 시간은 하루 중에 얼마 없으니까요.

오늘 스트레칭을 했다는 사실만으로 안심하며 잠자리에 듭니다. 이 안심도 어떤 마음을 스트레칭해줄지 모르죠. 나의 몸에 덜 미안한 채로 잠자리에 들기 위해, 아침에 일어난 몸이 "거봐" 하며 말을 걸지 않도록, 오늘의 피로가 내일로 넘어가지 않게, 오늘 밤에도 몸을 꽉 잠그고 잡니다.

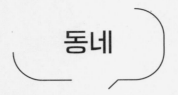

동네

우리랑 제일 잘 맞는 것 같지 않아?

인사

길을 가다가

자연스러운 표정으로
인사를 나눌 때

나의 골목이 생긴다.

우리를 닮은 동네에서
오늘도 안녕한 하루.

동네 산책은 내가 사는 곳을 바라보며,
그 안에 우리의 모습을 그려 넣는 일

이웃

빵에 대한 이야기를 나누는 표정을 바라보는 시간은 더욱!

우리의 동네

매일 우리의 동네가 하루씩 더 생겨나는 것 같아

나의 동네를 내가 결정해야 하는 때가 찾아옵니다. 어디서 살지 고민도 하기 전에, 나쁘지 않은 선택지가 불쑥 찾아오기도 하는데요. 저에게는 키키와의 첫 동네, 첫 집이 그렇게 정해졌습니다. 선택의 이유는 두루뭉술했습니다. 그저 마음에 들었기 때문이었죠.

집을 볼 때는 집뿐만 아니라 집이 놓인 마을 전체를 둘러봅니다. 정류장이나 역을 오가는 골목은 어떤지, 냉장고가 텅텅 비었을 때 급히 나가 끼니를 해결할 수 있는 가게들이 주변에 있는지, 산책 코스와 멍하게 걸을 수 있는 길의 컨디션은 어떠한지 신경 씁니다. 집을 보러 가는 길에서부터 내가 들어갈 수 있는 동네인지, 내가 놓일 수 있는 집인지 이미 마음은 알고 있을지도 모릅니다.

마음에 든다는 것의 기준은 '내 기분을 어떻게 채워주는가'입니다. 마음에 '든다'는 말에는 '들 입(入)' 자가 쓰인다는 걸 다른 언어를 배우다 우연히 알게 되었습니다. 마음에 든다는 표현을 단 한 번도 궁금해한 적이 없었다는 게 오히려 이상하게 느껴졌어요. 이제는 마음에 든다는 말을 이해하고 사용합니다. 마음에 담을 만한가, 담을 만한 공간은 넉넉한가를 묻게 되었습니다.

그렇게 우리의 첫 동네는 마음에 드는 동네에서 시작해 마음에 드는 이유들을 더하며 살고 있습니다. 집 앞에 빵집이 두 곳이나 있고, 오르기 딱 좋은 작은 산이 있고, 우리의 저녁 하늘을 담을 수 있는 옥상이 있어, 멀리 떠나지 않아도 가까이에서 충분히 웃을 수 있습니다.

둘이 함께 독립해 이사를 여러 번 했지만 동네를 바꾸진 않았습니다. 처음 살았던 옥상 집을 작업실로 바꾼 것도 키키를 위해서였습니다. 기왕이면 키키가 아는 지붕이 이어지길 바라는 마음으로, 매일 함께 걸으며 출퇴근할 수 있도록.

이사 온 집에서 몇 분만 걸으면 옥상 집이 나옵니다. 그리고 그 집에서 각자 시간을 보낸 다음 지금의 우리 집으로 걸어갑니다. 어느덧 이사한 집에 먼저 뛰어오르는 키키. 나의 선택을 언제나 기꺼이 받아들이는 키키가 얼마나 고마운지 모릅니다.

얼마 전 저녁 산책길에 키키가 낯선 골목으로 뛰어가기에 갸우뚱하며 따라갔습니다. 막다른 골목인 줄 알았는데, 키키를 따라간 길은 밝은 골목으로 이어졌습니다. 키키와 함께하는 동네는 매일 이렇게 조금씩 커지고 있습니다.

언젠가 또 이사를 가고, 어쩌면 동네를 바꿔야 할지도 모르지만, 어디서든 우리의 하루는 같은 공기로 채워질 것입니다.

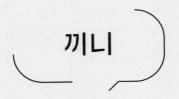

끼니

점심은
마음에 점을 찍는다는 뜻이래

아침 끼니

걸으면서 아침 끼니를 정하는 시간이 좋아
오늘을 씩씩하게 만드는 시간이야

점심 끼니

마음에 점을 크게 찍는 사람도 있겠지?

저녁 끼니

왜 밤만 되면
먹고 싶은 게 많아질까?

하루 종일 생각을 많이 해서
허기가 지는 건지도 몰라.

고구마 고구마 고구마 고구마

따끈
따끈

머릿속에는 온통 고구마 생각뿐.

킁킁
킁킁

고구마 생각만 했더니
고구마 냄새가 나는 것 같네.

고구마 식빵
구워봤어.
맛볼래?

고구마 식빵?
사랑해!

지금 당장 먹고 싶은 음식이 눈앞에 놓이는 순간이 가장 기뻐!

끼니라는 말은 왜 이리 귀여운 걸까요. 밥도 아니고 식사도 아
니고 끼니. 무엇보다 끼니에는 '먹는 일이 매일 이어지고 있
다'는 게 느껴져서 좋습니다. 아침, 점심, 저녁 모두를 가리키
는 말이기도 하죠. 제 하루의 일과는 철저하게 끼니 중심으
로 흘러갑니다. 먹기 위해 아침에 일어나고, 맛있는 점심을 위
해 오늘 가장 걱정되는 일을 미리 처리하고, 먹으면서 먹을 생
각을 하고, 아무리 일이 많아도 저녁만큼은 여유롭게 먹으려
고 합니다. 끼니의 시간은 하루 중에 반드시 주어지는 쉼입니
다. 먹는 시간이 쉬는 시간이라니 이상하지만, 가만히 앉아
단 하나에 집중하며 지금을 충족시키는 시간은, 삶을 살아내
는 사람에게 무엇보다도 중요한 충전 시간입니다. 그렇기에
이 시간만큼은 방해받으면 안 된다는 게 제 신념이지요.

　끼니의 끼는 '때'를 가리킵니다. 때에 맞춰 먹는 곡식이라
는 뜻입니다. 누구의 때를 말하는 걸까요. 당연히 '나'입니다.
배를 채우는 것뿐만 아니라 오늘의 내 기분도 잘 채워야 완벽

한 한 끼가 됩니다. 누군가와 맞춰 먹는 한 끼가 기꺼이 행할 수 있는 행복이라면 흔쾌히 맞추겠지만, 나를 잃는 일이라면 이야기가 달라집니다. 내 몸은 솔직한 편이라서 금방 티가 납니다. 오늘의 끼니를 정하는 일도 중요합니다. 일의 중간에 놓여 있는 점심은 얼마나 무시되기 쉽나요. 우리, 끼니만큼은 마음에 담듯이 야무지게 씹어 먹읍시다. 끼니와 끼니 사이에 먹는 간식도 빠트리지 말고요. 타인의 끼니도 존중해줍시다.

키키의 끼니는 참 자유분방합니다. 먹고 싶을 때 먹는 게 키키의 방식. 키키는 가장 좋아하는 걸 먼저 먹습니다. 그리고 안 좋아하는 건 남겨두었다 나중에 먹곤 해요. 키키의 끼니 일과를 지켜보면 키키의 세상이 확실히 보입니다. 좋아하는 음식을 맛있게 먹는 모습은 바라보기만 해도 기운이 나는 장면입니다.

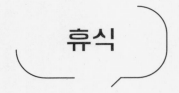

휴식

후아후아 내뱉는 숨

쉬는 시간

오후에 들려오는 한숨 소리.

일이 잘 안 풀리니?

아니, 그냥 잠깐 쉬고 있었어.

쉬는 숨이 아닌 것 같은데?

휴식(休息)

휴식은 말이지… 하던 일을 멈추고, 잠깐 동안 전과 다른 숨을 쉬는 걸 뜻하거든? 근데 방금 내뱉은 숨은 일할 때랑 같은 숨이었어. 적어도 쉬는 공간을 옮기는 건 어때?

일을 미리 했으면 그런 숨을 쉴 수 있었을 거야~

으암

잠깐이라도 눈 좀 붙여야겠어. 이따 깨워줘!

후아후아 내뱉는 숨에 '쉼'이 있어야 쉬는 시간이지

쉬는 날

우리의 쉬는 날이 꼭 맞는 건 아니니까. 난 어제 쉬는 날이었거든

쉬는 방법

우리 몸도 지구도 쉴 수 있는 소풍을 다녀오자! 가까운 곳으로!

잘 쉬는 것은 매일의 메인 프로젝트입니다. 그렇다고 하루 종일 쉴 수만은 없습니다. 내가 정한 일을 마무리해야 하고, 새로 들어온 일을 선택하기 전 잠깐 고심하면서 다음의 일과 쉼을 계획해야 합니다.

마무리하지 못한 일이 있어도 누워만 있고 싶습니다. 오히려 할 일이 있기에 더 눕고 싶은지도요. 잠시 후에 열심히 일할 나를 기대하며, 달콤한 휴식을 먼저 꿀꺽 삼킵니다. 하지만 긴 휴식은 되지 못합니다. 진정한 휴식이란, 힘든 다음이 기다리지 않는 시간이니까요. 당장 몸은 편하더라도 머릿속에서는 내내 일 생각뿐일 때가 많습니다. 이건 이렇게, 저건 저렇게 하면서요.

그렇기에 잘 쉬는 것이 하루 중 가장 중요한 일과가 되었습니다. 다리를 쭉 뻗고 편하게 쉬기 위해서 지금의 나를 일하게 합니다. 이걸 마무리하고 쉬면 더 달 테니까, 메일을 보내고 나면 쉴 수 있으니까 하면서요.

무엇보다 컴퓨터 앞에서 멀어져야 키키와 마주 보는 시간이 생깁니다. 우리는 출퇴근도 함께하니까 혼자 외출하지 않는 한 하루 종일 같이 있지만, 키키에게 '같이'의 의미는 다를지 모릅니다. 할 일을 마치고 방바닥에 편하게 앉으면 어느새 키키가 다가와서 허벅지 옆에 엉덩이를 붙이고 눕습니다. 그렇게 서로의 휴식 시간이 연결됩니다.

한번은 할 일을 다하고 곧장 컴퓨터를 끈 다음, 쉬고 있는 키키 옆에 다가가 찰싹 달라붙었습니다. 그런데 웬걸, 키키는 누워 있는 몸을 들썩이면서 옆으로 비켰습니다.

"나 지금, 진짜로 좀 자고 있었거든?"

키키의 속마음이 들렸습니다.

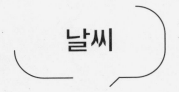

날씨

창문을 열면
비로소 보이는 오늘의 기분

하늘 맛

공기마저 디저트로 만들다니 정말 대단해…!

해

여행할 때는 매 순간 날씨를 신경 쓰잖아. 그래서 하늘을 더 자주 보게 된달까?

해가 세상을 어떻게 비추는지가 무척 중요한 날이니까.

맞아.

해가 보내는 기운을 '날씨'라고 간단히 부르고 있잖아.

지구 곁에는 해가 매일 함께하고 있으니까.

어쩌면 말이지… 매일 내 기분이 날씨에 따라 어떻게 움직이는지가 중요한 걸지도 몰라.

日氣

이상하게 쨍한 날보다
비가 내리는 날에 '날씨'라는 단어를 떠올리게 돼

우리의 창문

지금 함께 있는 이 창문은

소풍 가는 버스 같기도 하고

밤바람을 느끼는 이 방은

어디로 가는지 모르는 야간열차처럼 느껴져.

늘 같은 곳에 고여 있어도

어디로든 우리를 데려가줄 것 같아서 자꾸만 하늘을 쳐다보게 돼.

창문을 열면 비로소 보이는 오늘의 기분
이 감각을 날씨라고 부르기로 했어

저는 날씨 이야기를 좋아합니다. 누군가와 함께 산다는 건 날씨 이야기를 매일 나누는 일이기도 해요. 매일의 이야깃거리를 차려주는 날씨가 고맙습니다.

키키와도 날씨에 대한 대화를 가장 많이 나눴을 거예요. 오늘 날씨를 함께 쳐다보고 있자면, 그 자체로 이미 대화입니다. 무표정으로 창밖을 보다가 다시 제 얼굴을 쳐다볼 때의 키키 얼굴에는 말풍선 하나가 그려져 있습니다. 그 말풍선은 비어 있어도 괜찮습니다. 날씨 앞에서만큼은 통하는 게 많으니까요.

우연히 만난 사람과 아주 잠깐 대화를 나눌 때에도 날씨 이야기가 빈칸을 채워줍니다. 반가운 마음을 표현할 길이 없어서 괜한 말을 꺼내게 될 때가 있잖아요. "요즘 바쁘시죠?"라는 말은 왠지 별로고, "건강은 좀 어떠세요?"라는 질문도 이제는 짧은 대화로는 부족합니다. 역시 오늘 우리에게 공통 주제는 오늘의 날씨 이야기입니다.

아침의 비 소식은 핸드폰을 열기도 전에 알 수 있습니다. 미묘한 기운과 냄새가 방 안에 감돕니다. 아직 눈을 감고 있는데도 이건 확실히 비라고 생각되는 기운이 있습니다. 곧장 창문을 열어서 키키와 오늘의 하늘을 쳐다봅니다. 그리고 당연한 듯 서로를 바라봅니다.

"키키야. 비 온다."

키키는 조용히 창밖을 바라보면서 열심히 냄새를 맡습니다. 비를 오래 쳐다보고 있는 키키도 저와 같은 생각을 하고 있겠죠.

"아, 산책."

비가 조금 잦아들 때까지 기다려도 잠잠해지지 않으면 우리는 빗속을 걸어야 합니다. 실외 배변을 지키는 키키니까요. 비가 와도 천둥과 번개가 쳐도 밖에서 산책을 하는 개가 있다면, 그럴 수밖에 없는 이유가 있다는 걸 알아주세요.

비가 내린 다음 날 상쾌한 아침, 키키는 하늘을 향해 코를 들어 올리고 평소보다 개운한 표정으로 산책을 합니다. 아직 더 맡을 냄새가 있다는 듯이 걸음은 총총, 고개는 자꾸 뒤로 보내면서요.. 키키가 맡는 비 갠 아침의 냄새는 얼마나 다채로울까요. 인간은 절대로 맡을 수 없는 냄새겠죠.

오늘의 날씨를 양껏 느끼는 키키의 표정을 가장 많이 본 사람은 '바로 나!'라고 오늘도 저는 떵떵거립니다.

혼자

혼자 있을 때 뭐 하시나요?

혼자가 아니야

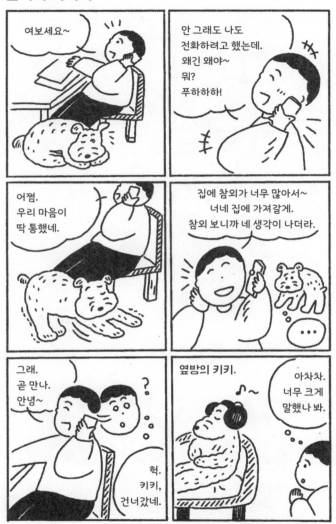

**둘이 사는 우리에게 필요한 건
혼자가 아니라는 사실을 잊지 않는 것!**

따로 또 같이

마주 보고는 있지만

각자 보고 싶은 걸 보기도 하고

잠깐 흩어졌다가

다시 모이기도 하지.

같이 있는 이 시간이
좋은 이유는,
혼자 있는 시간을
닮았기 때문이야.

혼자 있을 때의 나. 언제까지나 내가 아는 나를 잊고 싶지 않아

혼자의 시간

그런 내가 되면 둘이 마주 보는 시간도 더 건강해질 거예요

이사를 하면서 가족 외에 처음으로 한 지붕에 식구가 생겼습니다. 키키와 단둘이 사는 것은 혼자이지만 혼자가 아닌 삶이었는데, 이제는 1인 가구가 아닌 두 명의 삶이 시작되었습니다. 키키가 태어난 2012년에 만나, 키키와 둘도 없는 절친한 사이이고, 저에게도 가장 가까운 친구입니다. 셋의 모양이 오랫동안 바깥에서 넓게 그려졌다가, 이제야 한 지붕 안에서 우리만의 모양으로 아주 작고 단단하게 그려졌습니다. 이 만화를 연재할 때에는 키키와 단둘이 살았는데, 책을 준비하는 지금은 셋이 되었지요. 그래서인지 만화 속 키키는 동거인의 모습과 겹쳐 있기도 합니다.

이상적인 삶이란 무엇일까를 고민하던 때가 있었습니다. 물론 지금도 지금보다 나은 다음을 매일 그리며 고민하지만, 적어도 지금을 인정한 채로 고민을 이어가고 있습니다.

혼자 있는 걸 너무나 좋아하는 저는 평생 혼자 살고 싶기도 했습니다. 그러나 모든 것에는 예상치 못한 뒷모습이 있어

혼자인 걸 좋아하면서도 혼자 못 지내는 면을 조금씩 만났습니다. 홀로 떠난 여행에서 아무렇지 않게 나랑 잘 지내다가도, 어떤 장면에서는 꼭 대화를 하고 싶어질 때가 생기는 것처럼요. 나는 '어떤 사람이기에 어떻게 살아야 한다'고 단정 짓기 전에 그저 자연스러운 흐름에 따라 살고 있는 건지도 몰라요. 어쩌면 혼자여도 함께여도 쉽고 편안하게 선택할 수 있도록 매일을 꾸려왔는지 모릅니다. 혼자 살더라도 잘 살았을 테고, 혼자가 아닌 지금도 잘 살고 있습니다. 선택하지 않은 생활을 마냥 아쉬워하지 않습니다.

무엇보다 혼자를 지켜내는 모양이 나와 같은 사람이라면, 나를 잊지 않으면서 함께 살 수 있을 거라고 생각했습니다. 셋 다 혼자 있는 시간을 좋아하고 또 반드시 필요로 합니다. 키키 또한 어떤 휴식은 온전히 혼자 보내고 싶어 합니다. 각자 혼자가 된 시간에는 저마다 다른 마음으로 다른 시간을 보내겠죠. 같은 지붕이지만 절대 알 수 없는 저마다의 시간입니다. 이렇게 혼자인 나를 만납니다.

　누군가와 함께 산다는 건 닮은 지점을 반가워하고 다른 부분을 가만히 쳐다보는 일인지도 모릅니다. 나와 다른 점을 답답해하기보다는 귀여워하면서요. 우리가 같이 살면서 배운 점입니다.

　혼자 살지 않기에 혼자인 감각이 뚜렷해집니다. 또한 혼자 살아보았기에 혼자인 나를 더욱 잘 그려보게 됩니다. 저는 혼자인 저를 여전히 좋아합니다. 앞으로도 계속 그럴 거예요. 누군가와 같이 살더라도 혼자일 때의 나를 잊지 않고, 누군가가 온전히 혼자일 때의 세상이 있다는 걸 기억하며 우리 집에서 '혼자'라는 단어를 계속 떠올리려고 합니다.

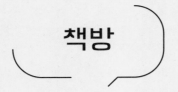

책방

이 책 냄새가 참 좋아

책방의 자유 시간

둘이 가도 각자의 시간이 시작되는 동네 책방

책 냄새

키키는 만화 코너에 있군.

여기 있었구나?

이 책, 냄새가 참 좋아.

팔랑

팔랑

고소하다!

그치? 마음에 들어!

샐러드 책 코너로 이동

킁킁

 책을 고르는 기준은 여러 가지니까 종이들이 모인 냄새는 정말 좋아

오늘 산 책

말없이 흩어졌다가 자연스럽게 만나는 저녁 무렵의 책방에서는
이웃들에게 필요한 문장들이 하나둘 떠나

동네 책방에 들르는 산책을 나설 때면 빈 가방을 챙깁니다. 필요한 것을 나의 동네에서 구하는 일은, 이 동네에서 계속 살아갈 힘을 줍니다. 요즘 필요한 한마디를 가방에 채워 귀가하는 저녁을 참 좋아합니다.

　점심을 먹고 산책 겸 동네 책방에 가곤 합니다. 인터넷 서점에서 눈이 가는 대로 클릭하며 만나는 게 아니라, 책방에 진열된 책을 느린 발걸음으로 구경합니다. 책등만 보이게 꽂힌 서가 앞에 한참 서 있다 보면, 책 표지를 보지 않더라도 지금 나에게 필요한 이야기가 뭔지 알 수 있습니다. SNS나 인터넷 서점에서 본 적 없는 책을 우연히 발견합니다. 최근 그렇게 발견한 책이 있습니다. 쉰 살이 된 후 자신의 삶에 무겁게 다가온 것들을 하나씩 덜어낸 이야기가 담긴 실용 에세이였어요. 무언가를 그만두거나 덜어내고 싶었던 건 아니었지만 어째 그날은 처음 보는 저자의 그만둔 목록을 엿보고 싶던 날이었는지도요.

방금 고른 책을 한 손에 든 채 남은 서가를 마저 둘러보고 나면, 어느새 방금 만난 책과 한 가족이 된 기분이 듭니다. 아직 계산하기 전이지만 오늘 내가 만난 문장과 함께 책방을 거닐면, 책방에 들어왔을 때와는 다른 기분이 됩니다. 마트에서 남의 카트 안을 나도 모르게 보게 되는 것처럼, 다른 사람이 들고 다니는 책의 표지가 보일 때면 아주 잠깐 그 사람의 세계가 보입니다. 아주 좁은 상상이 생겼다 없어지는 공간이 바로 책방입니다. 책을 계산하면서 카드가 읽히는 아주 짧은 기다림의 시간. 직원분이 제가 산 책을 두 손에 들고 가만히 쳐다봤습니다. 책 제목을 읽는 것 같았습니다. 그 순간 저는, 어른이 되어 그만둔 것을 알고 싶어 하는 사람으로 이 자리에 서 있는 것만 같아 부끄러우면서도 싫지 않았습니다. 동네 책방이기에 가능한 순간이니까요.

　　얼마 전 다른 동네의 책방에 처음 방문했습니다. 만화 속 책방 배경이 된 '한강문고'의 1호점 격인 '불광문고'입니다.

그래서인지 불광문고에는 한강문고의 좋았던 점들이 보였습니다. 이제는 사라진 동네 책방의 기운을 느낄 수 있는 공간이란 아주 특별하고 신비한 감동입니다. 저는 세 권, 동거인은 다섯 권의 책을 골랐습니다. 책을 사주겠다는 동거인의 말을 몇 번이나 거절하며 끝내 "나 여기 처음 와서, 계산하는 것도 한번 겪고 싶어"라고 대답했습니다. 계산하는 걸 경험하고 싶다니, 말해놓고 너무 웃겼습니다. 사실 저라는 사람은 그런 걸 소중히 여깁니다. 공간을 누리는 데에는 다양한 경험이 필요하니까요. 그곳에서 구입하느냐 안 하느냐도 꽤 큰 차이라고 생각합니다.

책방은 이 마을에 이 이야기를 필요로 하는 사람이 있다는 것을 보여줍니다. 그런 사소한 통계가 마을의 분위기가 됩니다. 부디 좋아하는 책방이 오래오래 머물러주기를 바랍니다.

목욕

목욕 후에 마시는 맥주는
왜 이렇게 맛있을까?

목욕의 기분

어제의 목욕은 화분이 된 것 같은 기분이었는데 말이지

목욕의 온도

개운한 목욕의 과정이 이토록 다르다니!

목욕 후

목욕 후에 마시는 맥주는 왜 이렇게 맛있을까?

머리에 물을 부었으니 몸의 안쪽도 함께 촉촉해질 차례라서 그런가? 하하하.

온몸에 물을 흠뻑 적신다는 건, 오늘 해야 할 일이 끝났다는 뜻이니까. 그 축배는 들 수밖에.

다 필요 없고 그냥… 밤이라서 맛있는 거 아닐까?

키키 말이 맞다. 헤헤.

완벽이라는 단어를 표현해본다면 바로 지금이야

목욕을 그다지 좋아하지 않습니다. 정확히 말하자면 목욕하는 시간 자체는 좋지만, 목욕 앞에서 이상하게 몸이 무거워집니다. 미루는 마음은 왜 이리 자주 저를 방문하는 걸까요. 매일 목욕을 조금씩 미루며 삽니다. 그러다가 날씨가 더워지면 빨리 씻고 나와야 하는 이유가 생깁니다. 바로 맥주죠.

맥주를 마시고 나서 씻기보다 씻고 나서 맥주를 마시고 싶기 때문에 기운을 내서 목욕하러 들어갑니다. 동거인은 단 한 번도 목욕하기 귀찮다는 생각을 해본 적이 없다고 해서 놀랐습니다. 씻는 일을 좋아한다는 말도 덧붙였습니다. 저는 매일 귀찮아하면서 "에잇 어서 씻어버리자!" 하고 들어간다 말하니 동거인도 마찬가지로 놀란 기색입니다. 그러고 보니 목욕탕에 가고 싶다고 생각한 적이 한 번도 없습니다. 다른 이야기지만 옷을 입어보고 사는 일도 무척 싫어합니다. 아무래도 옷 벗는 일을 버거워하는 타입인 걸까요.

그런 버거움을 이기는 건 역시 더 나은 시간입니다. 목욕

후 만화책을 보며 마시는 맥주는 종일 바빴던 오늘에 대한 보상처럼 느껴집니다. 또다시 내일이 되면 내일의 할 일을 하며 바삐 살아야 할 테고, 집에 오면 바깥 기운을 씻어내야 할 테지만요.

저는 목욕할 때 노래나 팟캐스트를 틀어둡니다. 고등학생 시절에도 좋아하는 라디오 시간에 맞춰 목욕하길 좋아했습니다. 세탁기 위에 라디오를 올려놓고 주파수를 맞추면 어김없이 흘러나오는 심야 라디오. 오프닝 곡을 들으면서 뜨거운 물에 발을 담그고 있던 시간은 아직 무엇이 되지 않아도 되던 시절의 저를 다독여주었습니다.

지친 밤에 목욕하러 들어가기란 여전히 쉽지 않지만, 목욕은 하루와 하루의 경계에서 좋아하는 것을 만끽하며 지난날을 씻어내는 시간입니다. 노래가 끝나지 않아서 뜨거운 물에 발을 가만히 갖다 대고 앉아 있을 때면 꼭 음감회가 열린 것 같아요. 다른 때보다 더 마음이 촉촉해지는 음감회.

목욕을 하고 나오면 다가올 내일이 느껴집니다. 외출복은 창문에 얼굴을 내놓고 결정한다면, 잠옷은 목욕 후에 결정합니다. 내일로 걸어갈 옷을 입고 나면 그때만큼은 목욕이, 남은 오늘이 그다지 싫지 않습니다.

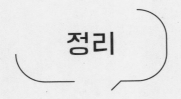

정리

좋았던 순간들을
잔뜩 정리해두고 싶어

제자리

손톱깎이가 산책을 한다니, 정말 웃긴 말이야!

일기

좋았던 순간들을 종류별로 잔뜩 정리해두고 싶어

잘 정리했어

키키, 여기 있었구나? 한참 찾았네~

그러고 보니 이 시간이면 종종 오던 그 친구, 요즘은 잘 안 보이네.

참참이? 응… 안 만난 지 좀 됐어.

무슨 일 있었어?

그런 건 아니고 그냥 서로 잘 맞지 않았던 것 같아.

그랬구나. 모두 각자의 자리로 돌아간 거야.

응.

관계 정리는 속도가 참 더디네

정리 잘하시나요? 저는 잘 정리하지 못합니다.

정리의 사전적 의미는 이러합니다.

"흐트러지거나 혼란스러운 상태에 있는 것을 한데 모으거나 치워서 질서 있는 상태가 되게 함. 체계적으로 분류하고 종합함."

자, 의미를 알았다면 다시 한번 물어볼게요. 정리 잘하시나요? 저는 역시 이 문장 앞에서 작아집니다. 오히려 흐트러지거나 혼란스러운 상태라도 내가 찾고자 하는 물건을 잘 찾을 수 있는 정도라면 정리된 상태라고 생각하고 사는 편입니다. 착각은 자유라는 말은 꼭 이럴 때 쓰라고 만든 말이 아닐까요.

또 체계적으로 분류하거나 종합하는 일은 저에게 가장 어려운 일입니다. 컴퓨터 바탕화면과 작업실 책상은 꽤 비슷한 꼴을 하고 있어요. 모든 게 밖으로 나와 잔뜩 어지럽혀진 가운데 평화로운 기분으로 앉아 있습니다. 이런 나날이 지속되면 내가 좋아하던 물건들은 한데 합쳐져 짐이 되죠. 작정한 듯이 보기 흉하게 놓여 저를 바라봅니다. 그제야 정리를 했어야 한다고 징징거립니다. 어릴 때부터 엄마에게 늘 듣던 소리가 있습니다.

"쓰고 나서 원래 자리에 놓기만 하면 되는데 그게 어렵니?"

어렸을 때부터 저는 물건을 사용한 후 원래 자리에 놓는 일을 몰아서 하곤 했습니다. 이제는 웬만하면 그때그때 제자리에 두려고 합니다. 노력이 필요합니다.

하지만 잘하는 정리도 있습니다. 정리의 사전적 의미는 꽤 다양해서요. '문제가 되거나 불필요한 것을 줄이거나 말끔하게 바로잡음. 다른 사람과의 관계를 지속하지 아니하고 끝냄'을 뜻하기도 합니다. 나의 공간을 정리하는 일에는 넋 놓고 있을 때가 많지만 만약 내 하루를, 내 기분을, 나라는 사람을 힘들게 하는 문제라면 미루지 않고 정리합니다.

여러분은 어떤가요? 저는 서른이 지나고서 '이 정도 살았는데 억지로 웃는 건 좀 그만해도 되지 않나'라는 문장을 마음에서 꺼내 나에게 보여주었습니다. 억지로 웃으며 앉아 있던 나 때문에 홀로 울어댄 밤이 많았으니까요. 지금 와 돌이켜보면 너무나 어리면서도 한편 서른은 그런 나이입니다. 나를 위해 조금씩 정리를 시작하고 싶어지는 나이.

얼마 전 어떤 일을 시작하기도 전에 불쾌한 말을 들어서 곧장 그만두었습니다. 언제쯤 아랫사람 취급을 받지 않을까 속상해했는데, 삽화가인 한 동료도 같은 곳에서 비슷한 일을 겪었다는 걸 알게 되었지요. 일의 시작에 마침표를 찍는 건 여전히 힘든데, 동료가 저에게 이런 말을 해주었습니다.

"한 달은 번 거예요. 진아 님의 시간을. 무사한 주말을."

마침 곧 주말이 다가올 예정이라 마음이 개운했던 기억이 납니다. 정리는 나의 시간을 버는 일인지도 모릅니다.

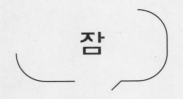

잠

춤추는 꿈 정말 기분 좋았지

잠 준비물

꼭 알아채야 하는 것만 눈치채면 되는 거겠지?

낮잠

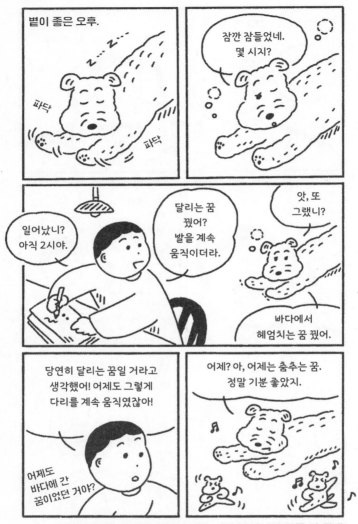

꿈에서 조금 더 밝은 타입이거든. 아직 낮이니까 조금 더 잘게!

잘 자

매일 잠을 잡니다.

그리고 잠에서 깨지요.

(잘 잤다!) ♪

흠냐 흠냐

쪽잠도 낮잠도 좋아하지만,

꾸벅 꾸벅

제일 좋아하는 건
하루의 끝에 자는 본잠*!

* 본잠: 본격적인 잠.

드디어 푹 잘 시간!

키키야, 잘 자.
내일 재미있게 놀자!

새로운 하루가 기다리고 있어서
좋은가 봐요.

응!

세상에서 제일 좋은 인사말. 내일도 재미있게 놀자!

잠자는 시간만큼 달달한 게 또 있을까요.

빵과 커피가 기다리는 아침이지만 잠만큼 단 건 없어서 한 번에 일어나기가 어렵습니다. 마감 전날에 미리 일을 끝낸 후 예약 메일을 보내놓고 자는 것도 잘 자기 위해서입니다. 내일 할 일을 줄여야 아침까지 달게 잘 수 있습니다.

잠에 진심인 건 아마 태어나면서부터가 아닐까 합니다. 저의 어린 시절에 대해서 엄마는 이렇게 말합니다.

"먹거나 자거나 둘 중 하나였어. 조용하다 싶으면 자고, 일어나면 먹고, 울 때 먹을 거 주면 그치고 또 자고."

잠을 좋아하는 건 저와 키키의 공통점입니다. 조용한 곳을 좋아하는 것, 큰 소리 내는 사람을 싫어하는 것, 고구마나 옥수수, 밤 따위의 먹거리를 좋아하는 것, 잘 때는 꼭 이불을 덮고 자야 하는 것, 불을 끄고 자야 하는 것 등 닮은 점이 아주 많죠. 오래 같이 살다 보니 자연스럽게 비슷해진 건지도요.

이 글을 쓰는 지금 키키는 키보드 바로 옆에서 낮잠을 자

고 있습니다. 요즘 들어 꼭 책상 위에서 자려고 합니다. 지금
도 자면서 발을 열심히 흔들고 있어요. 어떤 꿈을 꾸는지 알
려주면 얼마나 좋을까요? 발을 빠르게 흔들면 산에 오르는
꿈을 꾸는구나 싶고, 발을 리듬감 있게 천천히 흔들면 꽃 냄
새를 맡으며 걷는 꿈을 꾸는구나 싶습니다. 꿈에서도 저와
함께일까요?

자기 전에는 언제나 키키에게 내일을 이야기합니다.

"오늘 정말 재밌었지! 내일도 재미있게 놀자!"

같이 있는데도 매일 그립고, 보고 있는데도 계속 보고 싶
은 마음을 담아 이렇게 말합니다.

"꿈에서도 만나자."

2020년 시(詩) 큐레이션 앱 '시요일'에 연재했던 만화 「키키의 산책 – 우리가 아는 단어」를 한 권의 책으로 선보이게 되었습니다. 새로운 만화와 짧은 글을 추가해 하나의 덩어리로 마무리했습니다. 매듭을 짓는 경험은 스스로에게 큰 응원이 됩니다. 처음에 연재를 제안받았을 때까지만 해도 이렇게 긴 호흡의 만화를 그려본 적이 없었지만 머뭇거리지 않고 제안을 받아들였습니다. 기획안에 적혀 있는 문장 때문이었어요.

"일상에서 키키가 산책하며 동거인 진아를 관찰한 일기."

키키가 바라보는 나. 그건 제가 가장 알고 싶은 이야기였습니다. 키키의 기분 같은 것도요. 가만히 앉아 있다 장난감 바구니로 달려가서 오늘의 장난감을 고르는 키키가 어떤 생각으로 일어났는지 마음속에 떠올린 정확한 문장이 무엇인지 너무나 궁금합니다. 키키의 매일을 바라보며 키키의 이야기를 상상해보면 어떨까 생각하자마자 두 볼이 차오를 만큼 벅찬 미소가 지어졌습니다. 개와 함께 사는 이야기를 쓰는 건

쉽지 않지만, 키키가 앞장서서 나를 바라보는 장면이라면 얼마든지 그리고 싶습니다. 그건 상상 속의 이야기라기보다는 진짜 우리의 하루를 닮아 있으니까요.

만화는 그렇게 키키의 눈에 담긴 우리의 이야기가 되었습니다. 내가 꾸린 가족의 이야기, 다른 존재와 맑은 마음으로 대화하는 이야기이기도 합니다. 같이 살더라도 각자의 시간이 반짝이는 순간을 담았습니다. 개와 사는 사람에게는 익숙한 행복이, 개가 낯선 사람에게는 몰랐던 귀여움이 느껴졌으면 좋겠습니다. 먼 훗날의 내가 다시 읽더라도 울지 않을 수 있는 만화를 그립니다. 이건 만화 속 진아와 연필을 잡고 있는 진아, 둘의 약속입니다.

이 만화는 저에게 시작입니다. 이야기를 만화로 그릴 수 있다는 시작이자 키키와 마주 보는 이야기를 할 수 있다는 시작입니다. 지금이 시작이라는 걸 아는 건 행운이 아닐까요. 나도 모르게 이미 시작한 것들을 알아채며 지내고 싶습니다.

언제든 새롭게 시작할 수 있다고 생각하면서요.

매일 키키의 하루는 오늘에 걸맞은 단어와 함께 시작됩니다. 키키와 마주 보는 이 순간이 너무 행복해서 시간을 멈추고 싶을 때마다 무력해집니다. 우리에게 끝이 있다는 걸 알기에 그저 흘러가는 시간이 야속하기만 해요. 하지만 오늘은 어제와 마음가짐을 달리해 무력감을 느끼자마자 웃어보겠습니다. 마주 보고 웃는 시간을 1초씩 더 늘리는 게 우리에게 좋다는 걸 만화 속 둘의 모습에서 배웠거든요.

이 책이 끝나도 작은 컷 안에서 키키와 진아는 둘만의 단어를 계속 모으고 있을 겁니다. 여러분의 단어를 궁금해하면서요. 여러분의 하루에도 오늘의 단어들이 매일 찾아올 거예요. 그 단어가 무엇인지, 오늘을 바라보는 자신의 표정은 어떠한지 챙겨주세요. 오늘의 계절을 시작으로 사계절의 단어를 새롭게 채워보시기를요.

생활견 키키와 반려인 진아의
오늘의 단어

초판 1쇄 발행 2021년 6월 28일
초판 6쇄 발행 2025년 3월 10일

지은이 임진아
펴낸이 윤동희
책임편집 김미라
디자인 장미혜

펴낸곳 ㈜미디어창비
등록 2009년 5월 14일
주소 10881 경기도 파주시 회동길 184
전화 031-955-3355 **팩시밀리** 031-955-3400
홈페이지 books.mediachangbi.com
전자우편 mcb@changbi.com

© 임진아 2021
ISBN 979-11-91248-26-5 03810